红叶词话

HONGYE
CIHUA

王科健 /著

甘肃人民出版社

图书在版编目（CIP）数据

红叶词话 / 王科健著. -- 兰州：甘肃人民出版社，
2016. 6（2024.1重印）
ISBN 978-7-226-04956-3

Ⅰ. ①红…　Ⅱ. ①王…　Ⅲ. ①词（文学）－作品集－
中国－当代　Ⅳ. ①I227. 8

中国版本图书馆 CIP 数据核字（2016）第 132783 号

责任编辑:王建华
封面设计:马吉庆

红叶词话

王科健　著

甘肃人民出版社出版发行

（730030　兰州市读者大道 568 号）

河北浩润印刷有限公司印刷

开本 710 毫米×1020 毫米 1/16　印张 21.75　插页 4　字数 256 千
2016 年 11 月第 1 版　2024 年 1 月 3 次印刷
印数:2001～4000

ISBN 978-7-226-04956-3　　定价:52.00 元

前　言

　　词萌芽于隋唐之际，兴于晚唐五代而极
盛于宋。广义来说，词本属诗之一体，后来逐
渐与传统诗歌分庭抗礼，特别是经过宋代无
数词人倾注深情，寄托豪兴，驰骋才华，精心
琢磨，创作出大量晶莹、灿烂、温润、磊落，反
映时代精神风貌而且具有不同于传统诗歌艺
术魅力的瑰宝，遂与唐诗如峰并峙，各有千
秋。直到今天,她仍在陶冶着人们的情操，给我
们带来很高的艺术享受。

　　中国文人绝大多数有着浓浓的宋词情
节。无论他们对于宋词研究程度的深与浅，但
无一例外，都不会陌生。正经读过几天书的

人，都知道苏轼、柳永、李煜、李清照、辛弃疾和《水调歌头》《沁园春》《虞美人》《蝶恋花》《青玉案》，都会吟咏几句"大江东去，浪淘尽，千古风流人物""问君能有几多愁？恰似一江春水向东流""莫道不消魂，帘卷西风，人比黄花瘦""今宵酒醒何处？杨柳岸，晓风残月""众里寻他千百度。蓦然回首，那人却在，灯火阑珊处"等宋词名句。新中国成立以后，毛泽东主席的词对"生在新社会、长在红旗下"的几代人影响巨大，特别是《沁园春·雪》中的"俱往矣，数风流人物，还看今朝"，让多少人心潮澎湃；《忆秦娥·娄关山》中的"雄关漫道真如铁，而今迈步从头越"，为多少人增添了豪气；还有《蝶恋花·答李淑一》中的"我失骄杨君失柳，杨柳轻飏直上重霄九"，又使多少人了解到领袖和英雄的柔情。宋词之于中国的文化人，无论是喜爱与喜欢，也无论是了解与研究，都是一种习惯。只要有写文章的机会，都有可能引用上几句；只要不是光说大白话，总要在特殊的语境中读几句。这些，都源于中国文化的根脉，既有中国文字的特殊性，又有儒家文化的传承性，从古代诗歌到唐诗宋词，已经渗入了中国文化骨髓之中。

毫无疑问，宋词是中国古代文学皇冠上光辉夺目的一颗巨钻，在古代文学的阆苑里，她是一块芬芳绚丽的园圃。她以姹紫嫣红、千姿百态的丰神，与唐诗争奇，与元曲斗妍，历来与唐诗并称双绝，都代表一代文学之胜。远从《诗经》、《楚辞》及汉魏六朝诗歌里汲取营养，又为后来的明清戏剧小说输送了有机成分。时至今日，宋词对文化、教育、艺术和社会生活仍然有着重大的影响力。

一、宋词与音乐

词最早产生于民间,最初是配乐的诗,它所配合的音乐兴起于隋,以汉族民间音乐为主,糅合少数民族及外来音乐而形成的新声燕乐,也即宴乐。所以最早的时候,词叫"曲词"或"曲子词",也就是为曲调填写的歌词。后来这些"曲子"的唱法失传,词也就渐渐脱离了音乐,纯粹成为诗的一种别体了。隋代的词未能流传下来,我们现在所能看到的最早的词都是唐代的。20 世纪初,在敦煌石窟中发现了"敦煌曲子词",主要是唐代的民间创作。在民间文学的影响下,唐代的一些文人也开始写词。现存最早的文人词,当推盛唐大诗人李白的《忆秦娥》和《菩萨蛮》。到了中唐,张志和、刘禹锡、白居易等都创作了一些词。晚唐的温庭筠是第一个大量写词的作家。经过五代到宋,词发展到鼎盛时期。

李白《忆秦娥》:箫声咽,秦娥梦断秦楼月。秦楼月,年年柳色,灞陵伤别。乐游原上清秋节,咸阳古道音尘绝。音尘绝,西风残照,汉家陵阙。

李白《菩萨蛮》:平林漠漠烟如织,寒山一带伤心碧。暝色入高楼,有人楼上愁。玉阶空伫立,宿鸟归飞急。何处是归程?长亭连短亭。

张志和《渔歌子》:西塞山前白鹭飞,桃花流水鳜鱼肥。青箬笠,绿蓑衣,斜风细雨不须归。

温庭筠《望江南》：梳洗罢，独倚望江楼。过尽千帆皆不是，斜晖脉脉水悠悠。肠断白蘋洲。

词，初名为曲、曲子、曲子词，简称"词"，又名乐府、近体乐府、乐章、琴趣，还被称作诗余、歌曲、长短句。归纳起来，这许多名称主要是分别说明词与音乐的密切关系及其与传统诗歌不同的形式特征。

我国古代诗乐一体，《诗三百篇》与汉魏六朝乐府诗大都是合于音乐而可歌唱的。"乐府"原为汉时政府音乐机关之名。汉以后的五、七言古体诗和唐以后的近体诗始为徒诗而不可歌。唐人的拟乐府古题与新乐府不再合乐，实为古体诗了。唐代绝句也有可配乐歌唱的，或称"唐人乐府"，有时与词相混，如《阳关曲》《杨柳枝》等，也被作为词调名。

唐宋之词，系配合新兴乐曲而唱的歌词，可以说是前代乐府民歌的变种。当时新兴乐曲主要系民间乐曲和边疆少数民族及域外传入的曲调，其章节抑扬抗坠、变化多端，与以"中和"为主的传统音乐大异其趣；歌词的句式也随之长短、错落、奇偶相间，比起大体整齐的传统古近体诗歌来大有发展，具有特殊表现力。曲子词、近体乐府、诗余、长短句之名由此而得。作词一般是按照某种乐调曲拍之谱填制歌词。曲调的名称如《菩萨蛮》《蝶恋花》《念奴娇》等叫作"词调"或"词牌"，按照词调作词称为"倚声"或"填词"。宋词唱法虽早已失传，但咏读当时的倚声或后来依谱所填的词，仍然可以从其字里行间感受到音乐节奏之美，或缠绵宛转，或娴雅幽远，或慷慨激昂，或沉郁顿挫，令人回肠荡气，别有一种感染力量。 前人按各词调的字数多少分别称之为"小令"、"中调"或"长调"。有的以58字以内为小令,59字到90字为中调,91字以上为长调;有的主张62字以内为小令,以外称"慢词",都未成定论。词调中除少数小令不分段称为"单调"外,大部分词调分成两段,甚至三段、四段,分别称为"双调""三叠""四叠"。段的词学术语为"片"或"阕"。"片"即"遍",指乐曲奏过一遍。"阕"原是乐终的意思。一首词的两段分别称上、下片或上、下阕。词虽分片,仍属一首。故上、下片的关系,须有分有合,有断有续,有承有起,句式也有同有异,而于过片(或换头)处尤见作者的匠心和功力。我们看到宋代许多词人于此惨淡经营,创造出离合回旋、若往若还、前后映照的艺术妙境,在一首词中增添了层次、深度和荡漾波澜。

词的特点与它的起源紧密相关。正因为它最初是为了歌曲填写的词,相当于现在的歌词,它是"由乐以定词,非选词以配乐"。(元稹《乐府古题序》)而与它相配的燕乐是代表西北民族刚健风格的新音乐,不同于中原地区原有的清乐。燕乐音律变化繁多,一首词如果像近体诗一样全是五言或七言,唱起来就会显得单调呆板,因此必须句式参差,长短不一,平仄和韵脚也随之发生了变化。词后来虽然变成了一种特殊形式的诗歌,但它和诗的不同,不仅表现在句子的长短不齐,而且表现在平仄、对仗和用韵等方面。

词在宋代曾被称为"长短句"。宋代以后"长短句"成为词的别名。此外,词还有"诗余"、"乐府"、"琴趣"、"乐章"等别名。宋词在世界文化史上是独一无二的艺术形式;虽然宋词存世仅一万多首,但它影响极深。中国词学研究会会长、武汉大学特聘教授王兆鹏说:"宋词在中国文化史上是一种有意味的艺术形式,它与唐诗、元曲并称,是宋代文学最有创新、最辉煌的标志。它留存着宋代先贤们美好的情感、高尚的情操、崇高的精神及人生智慧。在世界文化史上,它是独一无二的艺术形式。它原来是融合音乐、舞蹈、表演为一体的综合艺术形式,后来,音乐失传后,就只有文学形式了,它在世界文化中没有可比拟的文体。从现在英文翻译来看,词没办法直接翻译,只能用汉语拼音。宋词除有特别的美感外,还有音乐的节奏,读词比读诗更富于节奏,更富有变化。"

曲与词源自民间,俚俗粗鄙乃是其天然倾向。由于敦煌石窟中大量的曲子词被重新发现,词源于民间俗文学的观点已得到广泛承认。隋唐之际发生、形成的曲子词,原是配合一种全新的音乐——"燕乐"歌唱的。"燕"通"宴",燕乐即酒宴间流行的助兴音乐,演奏和歌唱者皆为文化素质不高的下层乐工、歌伎。且燕乐曲调之来源,主要途径有二:一是来自边地或外域的少数民族。唐时西域音乐大量流入,被称为"胡部",其中部分乐曲后被改为汉名,如天宝十三年(公元 754 年)改太常曲中 54 个胡名乐为汉名。《羯鼓录》载 131 曲,其中十之六七是外来曲。后被用作词调的,许多据调名就可以断定其为外来乐,如《望月婆罗门》原是印度乐曲,《苏幕遮》本是龟兹乐曲,《赞浦子》又是吐蕃乐曲等等。《胡捣练》《胡渭州》等调,则明白冠以"胡"字。部分曲调来自南疆,如《菩萨蛮》《八拍蛮》等等;部分曲调直接以边地为名,表明其曲调来自边地。《新唐书·五行志》说:"天宝后各曲,多以边地为名,如《伊州》《甘州》《凉州》等。"洪迈《容斋随笔》卷十四也说:"今乐府所传大曲,皆出于唐,而以州名者五:伊、凉、熙、石、渭也。"伊州为今新疆哈密地区,甘州为今甘肃张掖,凉州为今甘肃武威,熙州为今甘肃临洮,石州为今山西离石,渭州为今甘肃陇西,这些都是唐代的西北边州。燕乐构成的主体部分,就是这些外来音乐。二是来自民间的土风歌谣。唐代曲子很多原来是民歌,任二北先生的《教坊记笺订》对教坊曲中那些来自民间的曲子,逐一做过考察。如《竹枝》原是川湘民歌,唐刘禹锡《竹枝词序》说:"余来建平(今四川巫山),里中儿联歌《竹枝》,吹短笛击鼓以赴节。歌者扬袂睢舞,以曲多为贤。聆其音,中黄钟之羽,卒章激讦如吴声。"又如《麦秀两歧》《太平广记》卷二百五十七引《王氏见闻录》言五代朱梁时,"长吹《麦秀两歧》于殿前,施艺麦之具,引数十辈贫儿褴褛衣裳,携男抱女,挈筐笼而拾麦,仍和声唱,其词凄楚,及其贫苦之意"。宋代民间曲子之创作仍然十分旺盛,《宋史·乐志》言北宋时"民间作新声者甚众",如《孤雁儿》《韵令》等等。燕乐曲调的两种主要来源,奠定了燕乐及其配合其演唱歌辞的俚俗浅易的文学特征。歌词在演唱、流传过程中以及发挥其娱乐性功能时,皆更加稳固了这一文学创作特征。歌词所具有的先天性的俚俗特征,与正统的以雅正为依归的审美传统大相径庭。广大歌词作家所接受的传统教育,历史和社会潜移默化地赋予他们的审美观念,皆在他们欣赏、创作歌词时,发挥自觉或不自觉的作用。努力摆脱俚俗粗鄙、复归于风雅之正途,便成了词人们急迫而不懈的追求。

二、宋词与经济

宋朝是中国历史上经济、文化、教育最繁荣的时代，达到了封建社会的巅峰。著名史学家陈寅恪说："华夏民族之文化，历数千载之演进，造极于赵宋之世。"开封，位于豫东平原的中心，又称汴梁、汴京，为宋朝国都长达 168 年，历九帝，是当时著名的文化、经济、艺术、政治中心，其繁荣程度，后世难以企及，还是中国最早有犹太人定居的城市。从唐朝中后期开始国家经济中心南移，到南宋最后完成。宋朝鼎盛时期，全国人口已达到 2000 万户，1 亿多人，耕地达到 7.2 亿亩，GDP 占全球 60%，人均 GDP 为 2280 美元。宋神宗熙宁十年（公元 1077 年），国库收入为 7070 万贯，最高达到 1.6 亿贯文，即便南宋丢失半壁江山，国库财政收入竟也高达 1 亿贯文，这样的税收后世难以企及。熙宁年间开封米价 400 文一石，宋代一石约 100 市斤米。按现在市场普通米价 2.50 元/市斤估算，400 文=250 元人民币购买力，即 1 文钱 0.625 元（宋时一贯钱为 770 文），一贯钱 481.25 元。按熙宁十年国库收入为 7070 万贯文计，当时国库收入约为 340.24 亿人民币。

农业经济得到空前发展。北宋时期，农业生产技术推广有很大的发展。当时，南方农民普遍使用龙骨翻车来灌溉，同时，比龙骨翻车运转力更大的筒车，也用来引水上山，灌溉山田。范仲淹的《水车赋》有"器以象制，水以轮济"之句，就反映了这种有轮轴、利用水力或牛力推动的筒车。北宋政府两次在耕牛缺乏的地区推广"踏犁"。"踏犁"是一种较好的人力翻土工具，四五个劳动力的功效相当牛耕的一半。这对畜力不足地区解决耕田的困难起过一定的作用。宋金并立时期，南方的水利事业大大超过北方。史载："南渡后，水田之利，富于中原，故水利大兴。"(《宋史·食货志》) 除了修复久被堙废的水利之外，还修建了不少新的工程。经济作物的逐步推广和商品经济的发展，在宋代特别是南宋，无论在官田上或私田上，采用货币折租的形式也有所增多。随着北宋的统一，南北农作物品种得到交流。从越南引进占城稻，太湖流域的苏州、湖州成为重要粮仓，民间流传着"苏湖熟，天下足"的谚语。茶树的栽培地区越来越广，淮南、江南、两浙、荆湖、福建及四川诸路，茶园十分普遍。仅在江南、两浙、荆湖、福建地区输送政府专卖机构的茶叶，每年就达一千四五百万斤。茶叶已成为人们的生活必需品，同时也是国内外市场上的重要商品。棉花的种植，在福建、广东一带逐渐盛行。养蚕和种桑、麻的地区比以前也有扩大。甘蔗主要在浙江、福建、广南以及四川的一些地区种植，那里有许多"糖霜户"，专门种蔗制糖。南宋后期，印度木棉迅速向长江流域推广成为农业中一种重要的经济作物。北宋时期，农民克服自然条件的限制，用各种办法扩大耕地面积。同时，生产技术的提高、农具的改进和水利灌溉事业的发达，单位面积产量有所提高。一般年景，其他地方，亩产米一石，江南地区亩产米可达二至三石，甚至还出现了亩产米达四石的纪录，明显超过唐代水平。佃客对地主的人身依附关系的强弱，在各地区间有较大差别，但总的趋势是缓慢地向着减弱的方向发展。佃客可以在一定条件下离开原地主而佃种别的地主的土地。同时，客户购买少量土地之后，就可以自立户名，成为封建国家的税户。

手工业生产有了很大进步。当时，各种手工业作坊的规模和内部分工的细密程度，都超越前代。生产技术发展显著，产品的种类、数量、质量大为增加和改进。制瓷业成就突出,北宋的瓷器,不论在产量还是制作技术上,比前代都有很大提高。当时,烧造瓷器的窑户,遍布全国各地,所造瓷器各具特色。景德镇,官窑(河南开封)、钧窑(河南禹州)、汝窑(河南汝州)、定窑(河北曲阳)和哥窑(浙江龙泉),是北宋五大名窑。其他如造纸、印刷、制茶以及火器制造等业,也都相当发达。矿冶业在北宋手工业中占有要地位。矿冶业的发展,突出表现在开采冶炼规模的扩大以及产量的增加。北宋时,金、银、铜、铁、铅、煤的开采冶炼规模都相当大。重要冶铁中心徐州东北的利国监,有三十六冶,矿工约4000 人。江西信州(上饶)及其附近盛产铜、铅,"常募集十余万人,昼夜采凿,得铜、铅数千万斤"。安徽繁昌冶铁遗址中,有高约2 米,面积达 750 平方米的废铁堆,反映了当时冶炼的规模。在开采冶炼规模扩大的基础上,产品的数量大有增加。以铜和银为例,宋神宗时岁课铜 1400 多万斤、银 20 多万两,照官府征收十分之二税率计算,可推知年产铜 7000 多万斤,银 100 多万两,产量都超过唐朝数倍。另外,采矿冶炼技术也有很大进步。北宋定都开封,东南漕运十分重要,船只是不可缺少的运输工具,加之海外贸易兴盛,便促进了造船业的进步,使宋朝的造船业居世界首位。官营作坊以造漕船为主,同时造座船、战船、运兵船等,民营作坊则制造商船及游船。以漕船为例,真宗时,年产量达 2900 多艘。更值得指出的是,当时指南针已应用于航海,这是古代中国对世界文明的伟大贡献。南宋时期,造船业得到进一步发展。明州、泉州、广州等造船业中心,仍然制造大型海船。北宋纺织业仍以丝织业占主要地位,逐渐形成江浙和四川两个中心,蜀地丝织品号为冠天下。丝织品的种类繁多,绢有五十多种,绫有二十七种。南宋时,丝织技术有新的提高。苏州、杭州、成都三个著名的官营织锦院,各有织机数百台,工匠数千人,规模宏大,分工细致,丝织品种类繁多,产品精致美观。南宋纺织业中最重要的成就是棉纺织业的进一步发展。随着棉花种植的推广,棉纺织业逐渐普遍起来。宋人《木棉》诗中有"车转轻雷秋纺雪,弓弯半月夜弹云……机杼终年积妇勤"等句,反映了扦子、弹花、纺纱、织布的劳动过程以及所用铁铤、弹弓、纺车、织机等各种棉纺织工具。北宋时期,在官私手工业作坊中,工匠的身份、地位有了变化。私营作坊使用雇佣工匠,他们领取钱米作为雇值,雇值多少因不同时期、不同部门而异。官营作坊役使的工匠,有从军队调来仍隶名军籍的军匠,也有从民间雇募来的和雇匠。此外还有一种当行差充的工匠,称"当行"或"鳞差",这种当行工匠在北宋只作为辅助之用,他们和唐朝的番匠已有不同,不是无偿服役,而是付给一定的"雇值"。有的生产部门如铸钱作坊,还出现了类似计件给雇值的方式。这些情况都表明北宋工匠所受的封建人身束缚已经有所松弛。

商业贸易繁荣昌盛。随着北宋商品交换的发达,货币流通量也明显增加。唐玄宗天宝年间每年铸币 32 万贯,北宋从太宗时起每年就达到 80 万贯。以后逐渐增加,到神宗熙宁六年(公元 1073 年),达 600 余万贯。北宋时期还产生了中国也是世界上最早的纸币——"交子"。纸币给贸易带来方便。崇宁四年(公元 1105 年),四川以外的各路也印制纸币,称为"钱引"。钱引的样式比交子要美观。钱引最初的发行额为 25 万贯,到淳熙五年(公元 1178 年)

增至 5400 万贯,增加了一百七八十倍。北宋时,海外贸易之盛,远远超过前代。宋政府为了增加财政收入及收购进口物资来满足皇室、官僚的生活需要,对海外贸易十分重视。早在开宝四年(公元 971 年),就设置市舶司于广州。以后,北宋政府又陆续在杭州、明州、泉州以及密州的板桥镇(山东胶县境)、秀州的华亭县(上海市松江一带)设置市舶司或市舶务。宋金并立,双方贸易往来仍然频繁。宋金政府都在淮河沿岸及西部边地设立市场,称为榷场。除榷场外,民间私下交易的数量极多。由于商业发达,北宋政府对商税特别重视。在全国各地设置场、务等机构,专门征税。宋朝商税分为两种:过税,每关值百抽二,是对行商抽的;住税,值百抽三,是对坐贾抽的。正税之外,还有杂税。随着商业的繁荣,商税日益成为政府重要财源之一。真宗景德年间,商税只有 450 万贯,到仁宗时,即增加到 2200 万贯。北宋时期还对盐、茶、酒、矾等实行专卖,即由官府控制这些物品的生产并垄断销售。宋朝的财政收入巨大,并没有加重人民的负担。宋朝是中国历史上仅有的两个没有爆发过全国性的农民起义的小型王朝之一。宋熙宁十年(公元 1077 年),北宋税赋总收入共 7070 万贯,其中农业的两税 2162 万贯,占 30%,工商税 4911 万贯,占 70%。这个数字说明,构成国家财政收入主体的,已经不再是农业,而是工商业了,农业社会已经在开始向工业社会悄悄迈进了。宋朝获得庞大的财政收入并不是靠加重对农民的剥削,而是国民经济飞速发展、工商业极度繁荣、生产力水平提高的结果。

宋词的形成与兴盛,与唐宋特别是宋代经济社会发展状态有着直接的联系。宋朝在中国历史上属于一个重要的社会转型期,十分重视经济发展,特别注重财富的积累。宋太祖对臣下说:"多积金、市田宅以遗子孙,歌儿舞女以终天年。"宋太宗"令两制议政丰之术以闻"。宋真宗曾写过"书中自有千钟粟,书中自有黄金屋,书中自有颜如玉"的劝学歌,号召学子走读书入仕之路来致富。宋神宗发过"政事之先,理财为急"的诏令。可以说,宋朝是古代中国唯一不施行"抑商"政策的王朝。在宋代,包括科学技术在内的生产力都有了很大发展,经济结构发生了重大变化:工商业的规模急剧扩大,对社会财富的贡献份额大大增加,城市经济发展迅猛,城市规模迅速膨胀,城乡二元结构已经形成。

北宋时期,都城汴京人口逾百万,是全国政治、商业、文化、交通的中心。宋朝十里设一个邮亭,三十里设一个驿站,各地官道四通八达,形成一个空前庞大的城市·网、商业网。在极其发达的交通网络的组织之下,原来五代十国的首府及一些经济发达地区的地域中心城市以及经济走向繁荣的大批城镇,加速了人口聚集。宋代,人口超过十万以上的城市将近 50 个。在这些城市和城镇中生活着待遇空前优裕的官吏、大量的文人学士(后备官吏)、商人、手工业者、职业军人和从事娱乐业等第三产业的人们。因此,可以说市民作为最有活力的社会群体出现了;并且对社会的影响力越来越大,逐步成为社会的主导力量。市民群体的生存方式、生活方式与束缚于土地上的农民的差异是本质性的,是非常大的。他们的出现和壮大,必然影响社会的价值观、知识结构、信仰、习好、审美、道德观念等等,社会的文化形态必然也要随之发生重大的改变。这种变化表现在:文化的中心从乡村转到了城市,从庙堂转到了市井,从精英转到了大众,从强调教化转到了追求娱乐,从纯文化转到了文化经济。这个转变给文化的发展提供了一个极大的空间,造成了宋代文化空前的繁荣,也造成了宋文化的独特风貌,使中国文化走向了一个巅峰。宋词就是在这种经济环境中兴盛起来的,并且成为宋文化最典型最本质的代表。宋代词人潘阆的《酒泉子》和柳永的《望海潮》,形象准确地反映了宋代经济社会状态,描写了城市的繁荣景象和市民的生活风尚。

潘阆《酒泉子》:长忆观潮,满郭人争江上望。来疑沧海尽成空,万面鼓声中。弄潮儿向涛头立,手把红旗旗不湿。别来几向梦中看,梦觉尚心寒。

柳永《望海潮》:东南形胜,三吴都会,钱塘自古繁华,烟柳画桥,风帘翠幕,参差十万人家。云树绕堤沙,怒涛卷霜雪,天堑无涯。市列珠玑,户盈罗绮,竞豪奢。重湖叠𪩘清嘉。有三秋桂子,十里荷花。羌管弄晴,菱歌泛夜,嬉嬉钓叟莲娃。千骑拥高牙。乘醉听箫鼓,吟赏烟霞。异日图将好景,归去凤池夸。

宋词的生长环境和肥沃土壤是宋代的都市生活,它与当时都市人的生活方式是最为合拍的。首先,它最适应宋代的城市制度和居住环境。宋代的城市和汉唐的城市,甚至和明清的城市在功能定位上都有很大的不同。杨鸿勋先生说:"北宋汴梁原非作为首都而建的,在它成为一个经济中心的形成过程中,适应商业和居民生活的功能要求而较早就有了商业街道的基础。"应该说宋代汴梁为代表的城市本质上就具有宜居、宜商的特点。在管理方面，宋代城市打破了坊市分离的旧格局，也取消了宵禁制度，宋代的城市是不夜之城。从白天到夜晚，商业和娱乐业都十分繁荣。宋代城市居民的消费意识和消费能力都很可观。茶坊酒肆，勾栏瓦舍，生意红火。宋词的主要传播方式就是演唱，歌伎演唱小令、慢曲、转踏、诸宫调等，是娱乐业的一大品牌，很有市场。可以说，没有宋代的经济繁荣和城市发展，没有市民阶层的兴起，也不会有宋词的勃兴。

三、宋词与政治

公元 960 年赵宋政权建立后，先后兼并了各地的割据势力。耐人寻味的是，西蜀、南唐政权虽为北宋所灭，可是后蜀赵崇祚所编《花间集》及南唐中主李璟、后主李煜及大臣冯延巳的词风却深深地影响着北宋词坛。特别是李煜入宋以后所作，正如王国维所说："词至李后主而眼界始大，感慨遂深，遂变伶工之词而为士大夫之词。"王鹏运说李煜是"词中之帝，当之无愧色矣"。所以，李煜在政治上是亡国之君，在词坛则无愧为开创一代风气的魁首。

李煜《破阵子》：四十年来家国，三千里地山河。凤阁龙楼连霄汉，玉树琼枝作烟萝，几曾识干戈？一旦归为臣虏，沈腰潘鬓消磨。最是仓皇辞庙日，教坊犹奏别离歌，垂泪对宫娥。

北宋前期重要词作家如张先、晏殊、宋祁、欧旭修以至晏几道等，都是承袭南唐、《花间》遗韵的，晏欧之词，甚至有与《花间》《阳春》(冯延巳词集名)"相杂"者。然而试读他们的代表作，其气象高华而感情深沉，也各具个性，"士大夫之词"的格调成熟了。尤其是晏殊之子晏几道，贵介公子而沉沦下位，落拓不羁，其词"清壮顿挫"，更胜乃父，故论者以晏氏父子比拟南唐李璟、李煜。柳永则是其时进一步发展词体的重要作者。他长期落魄江湖，因在其词中更能体现一部分城市市民的生活和思想感情，而且能采用民俗曲和俗语入词，善用铺叙手法，创作大量慢词。柳词具有广泛的社会基础，形成宋词的新潮。

　　晏几道《临江仙》：梦后楼台高锁，酒醒帘幕低垂。去年春恨却来时，落花人独立，微雨燕双飞。记得小颦初见，两重心字罗衣。琵琶弦上说相思，当时明月在，曾照彩云归。

　　柳永《雨霖铃》：寒蝉凄切，对长亭晚，骤雨初歇。都门帐饮无绪，留恋处，兰舟催发。执手相看泪眼，竟无语凝噎。念去去，千里烟波，暮霭沉沉楚天阔。多情自古伤离别，更哪堪，冷落清秋节！今宵酒醒何处，杨柳岸，晓风残月。此去经年，应是良辰好景虚设。便纵有，千种风情，更与何人说？

北宋中期苏轼的登场，词坛上耸峙起气象万千的巨岳。他不仅倡导豪放词风，"指出向上一路"（王灼《碧鸡漫志》），且"无意不可入，无事不可言"（刘熙载《艺概》），词的境界更大为拓展。苏门弟子及追随者秦观、黄庭坚、贺铸等都能各自开辟蹊径，卓然成家，在词坛呈现万紫千红的繁荣景象。尤其秦观的词深婉而疏荡，与周邦彦的富艳精工、李清照的清新跌宕如天际三峰，各超婉约词之顶巅。前代论者或谓周邦彦是词艺的"集大成者"。周邦彦与柳永并称"周柳"，主要是指他们在词中的情意缠绵；与南宋姜夔并称"周姜"，则主要指他们对音律的精审，故也有称周姜为格律派的。然而在"淡语有味""浅语有致""轻巧尖新""姿态百出"方面，周邦彦是不及秦观、李清照以至柳永的。故明清人推秦、李为婉约宗主，是很有见地的。李清照生当南北宋过渡时期，南渡以后词风由明丽而变为凄清，沈谦谓"男中李后主，女中李易安"（见《填词杂说》），以与李煜相提并论，确也当之无愧。

苏轼《念奴娇·赤壁怀古》：大江东去，浪淘尽，千古风流人物。故垒西边，人道是、三国周郎赤壁。乱石穿空，惊涛拍岸，卷起千堆雪。江山如画，一时多少豪杰。遥想公谨当年，小乔初嫁了，雄姿英发。羽扇纶巾，谈笑间，樯橹灰飞烟灭。故国神游，多情应笑我，早生华发。人间如梦，一尊还酹江月。

南宋以后，由于民族矛盾的尖锐，从宋金抗争到元蒙灭宋，爱国歌声始终回荡词坛，悲壮慷慨之调，应运发展，把豪放词风提高到一个新层次。张元幹、向子諲、岳飞、张孝祥、陆游、辛弃疾、陈亮、刘过、刘克庄、吴潜、刘辰翁、文天祥等,如连峰叠嶂,峥嵘绵亘。

岳飞《满江红》:怒发冲冠,凭栏处、潇潇雨歇。抬望眼,仰天长啸,壮怀激烈。三十功名尘与土,八千里路云和月。莫等闲、白了少年头,空悲切!靖康耻,犹未雪。臣子恨,何时灭!驾长车,踏破贺兰山缺。壮志饥餐胡虏肉,笑谈渴饮匈奴血。待从头、收拾旧山河,朝天阙。

文天祥《酹江月》:水天空阔,恨东风、不惜世间英物。蜀鸟吴花残照里,忍见荒城颓壁。铜雀春清,金人秋泪,此恨凭谁雪?堂堂剑气,斗牛空认奇杰。那信江海余生,南行万里,属扁舟齐发。正为鸥盟留醉眼,细看涛生云灭。睨柱吞嬴,回旗走懿,千古冲冠发。伴人无寐,秦淮应是孤月。

爱国述怀的豪放词人,辛弃疾成就最高,一生六百多首词中,主要抒写了抗金和恢复中原的宏愿、壮志被抑的悲愤、对苟安投降派的批判,也有对自然风景、田园风光的赞美,深挚情意的低诉;风格以雄深雅健、激昂慷慨为主,也有潇洒超逸、清丽妩媚的。辛弃疾在宋词人中创作最为丰富,历来与北宋苏轼并称"苏辛",也各有特色。前人或在苏、辛之间比较高低,正如唐人之作李(白)、杜(甫)优劣论,是很困难的。陈毅在《吾读》中曾说:"东坡胸次广,稼轩力如虎。"不加轩轾,允称卓识。南宋时期还有许多杰出词人对婉约词风进一步开拓,宛如丛丛奇葩争胜,也不可能都用婉约一格来概括。姜夔的"清空""骚雅",史达祖的"奇秀清逸",吴文英的"如七宝楼台",王沂孙的"运意高远"、"吐韵妍和",张炎的"清远蕴藉"、"悽怆缠绵"等等。他们都是在词的音律与修辞艺术上精益求精,有时也在所作中寓托家国之感。

辛弃疾《贺新郎》:凤尾龙香拨。自开元霓裳曲罢,几番风月?最苦浔阳江头客,画舸亭亭待发。记出塞、黄云堆雪。马上离愁三万里,望昭阳宫殿孤鸿没。弦解语,恨难说。辽阳驿使音尘绝。琐窗寒、轻拢慢捻,泪珠盈睫。推手含情还却手,一抹《梁州》哀彻。千古事,云飞烟灭。贺老定场无消息,想沉香亭北繁华歇,弹到此,为呜咽。

值得注意的是,与南宋大略同时北方金朝地区之词,大致都是受宋词的影响,而与南方桴鼓相应,故当为当时词坛的组成部分。金末元好问词为北国之冠,足与两宋词家媲美。

元好问《摸鱼儿》:问世间、情是何物,直教生死相许?天南地北双飞客,老翅几回寒暑。欢乐趣,离别苦,就中更有痴儿女。君应有语,渺万里层云,千山暮雪,只影向谁去?横汾路,寂寞当年箫鼓,荒烟依旧平楚。招魂楚些何嗟及,山鬼暗啼风雨。天也妒,未信与,莺儿燕子俱黄土。千秋万古,为留待骚人,狂歌痛饮,来访雁邱处。

元好问之词,在艺术上他学习苏(轼)辛(弃疾)而广泛吸取各家之长,兼有豪放婉约多种风格。元郝经《祭遗山先生文》说他"乐章之雅丽,情致之幽婉,足以追稼轩(辛弃疾)"。张炎《词源》谓其词"深于用事,精于炼句,风流蕴藉处不减周(邦彦)、秦(观)"。故可作为宋金时代词艺发展的终结者。

在民族危难的南宋,宋词向主流文化回归成为一种趋势。从苏轼的以诗为词就发展到辛弃疾的以议论为词。而南宋骚雅清空的追求是词的诗化的另一种途径。正如《宋词的文化定位》一书中所说:"南宋词的诗化,实际上走的是两条路子。一条是以苏轼开其端的言志抒情一派。他们以士大夫的政治责任感和强烈的家国意识,担当起欲挽狂澜于既倒的拯救民族危亡的重任、在金人入侵,山河破碎的国难面前,忧国忧民,义愤填膺,其中辛弃疾是杰出代表。他们重点关注的是人的感情世界的外部实现,属于外向型的审美。另一条是由秦观、周邦彦等正宗词人转化而来的骚雅词派。他们虽然也关注社稷危难,但只是以旁观者的身份抒发黍离之悲,以姜夔为代表。他们关注的重点则在与个人的情感生活的内在审视和生存状况的自我关怀(或朋友交往、诗酒流连等),属于内向型的审美。"

四、宋词与文化

宋词是一种独特的文化现象,在中国文化史上也闪亮异常。在宋朝,宋词文化始终占据着这一朝代的文化主流地位,对其他文学艺术门类和中国大文化产生了不可估量的推动作用。唐宋以后,无数才华横溢的词人,用他们的辛勤劳动,为宋词文化注入了深刻而丰富的思想内涵,拓展出极其广阔的艺术空间,把宋词推向了中国文化的时代高峰。但在现实生活当中,词文化的表现是多方面的,甚至可以说是无所不在的。从文化意识的角度讲,中国人已经太习惯于在情感和思维中去激发和显示自己的诗词意识。社会发展与诗词创作有着极密切的关系,真正的诗人,在关心自己身家性命的同时,更多的是以关注国家、民族、民生为本分。

由俗及雅的审美追求,形成了宋词文化的主流。在理论上明确揭示"雅"的创作标准,是从南宋作家开始。张炎《词源》卷下说:"词欲雅而正,志之所之。一为情所役,则失其雅正之音。"宋末元初的陆辅之作《词旨》,明确归纳出"以雅相尚"的创作标准:"雅正为尚,仍诗之支流。不雅正,不足言词。"南宋以后,"以雅相尚"已经成为词人特有的一种审美心态,表现为一种特有的创作倾向。这种审美观念绵延于以后的整个词作流变过程之中,直至清代,词论家还反复强调。刘熙载《艺概》卷四说:"词尚风流雅正。"王国维《人间词话》说:"词之雅郑,在神不在貌。"由此可见,"以雅相尚"的创作演变以及观念的形成,则大致完成于唐末五代北宋之整个过程之中,并主导了以后中国词文化的发展。这种"以雅相尚"审美观念的形成及演化,有着其特定的历史和社会背景及特定的审美渊源。从文学创作和审美传统来看,"以雅相尚"、"去俗复雅"是汉民族一种特定的审美意识表现,其渊源可以推溯到《诗经》之"风"与"雅"以及"楚辞"之《离骚》。"风"与"雅"原来只是一种音乐划分标准,"风"大致为先秦诸侯国的土风歌谣,"雅"大致为周王朝京畿地区的音乐。儒家学派的创始者孔子,曾经对《诗经》做过一番整理,以"中庸"作为审美尺度,要求文学创作对声色之美的追求与社会伦理道德的规范互相吻合。所以,孔子归纳说:"诗三百,一言以蔽之,曰:思无邪。"(《论语·为政》)儒家的"雅正"审美观念,就是从孔子的思想发展而来。主张文学创作应该具有"兴、观、群、怨"的社会效用,同时在表现上又必须含而不露、委婉得体。合乎儒家"雅正"审美理想之文学创作标准,具有两方面的内涵:其一,作品的内容必须具有一定的社会效用,表现一定的社会伦理道德,所谓"尽善";其二,文学表现时须含蓄委婉、中和得体,所谓"尽美"。这种"尚雅"精神,积淀成儒家传统的审美意识,在古代文学创作中占据主导地位,逐渐发展成为一种普遍的民族审美需求。

雅化推进了宋词改革的进程,开拓了抒情词的新境界。苏轼以前,这个过程是渐进的,至苏轼却是一种突飞猛进的演变。首先,苏轼词扩大了词境。苏轼之性情、襟怀、学问悉见之于诗,也同样融之于词。刘辰翁《辛稼轩词序》中说:"词至东坡,倾荡磊落,如诗如文,如天地奇观。"他外出打猎,便豪情满怀地说:"会挽雕弓如满月,西北望,射天狼。"(《江城子》)他望月思念弟弟,便因此悟出人生哲理:"人有悲欢离合,月有阴晴圆缺,此事古难全。"(《水调歌头》)他登临古迹,便慨叹:"大江东去,浪淘尽,千古风流人物。"(《念奴娇·赤壁怀古》)五彩纷呈,令人目不暇接。刘熙载《艺概》卷四概括说:"东坡词颇似老杜诗,以其无意不可入,无事不可言也。"其次,苏轼词提高了词品。苏轼的"以诗入词",把词家的"缘情"与诗人的"言志"很好地结合起来,文章道德与儿女私情并见乎词,在词中树堂堂之阵,立正正之旗。即使写闺情,品格也特高。《贺新郎》中那位"待浮花浪蕊都尽,伴君幽独"的美人,可与杜甫《佳人》中"天寒翠袖薄,日暮倚修竹"之格调比高。胡寅《酒边词序》因此盛称苏词"一洗绮罗香泽之态,摆脱绸缪宛转之度,使人登高望远,举首高歌,而逸怀豪气超乎尘埃之外"。词至东坡,其体始尊。再次,苏轼改造了词风。出现在苏轼词中的往往是清奇阔大的景色,词人的旷达胸襟也徐徐展露在其中。苏轼的审美观念认为:"短长肥瘦各有态","淡妆浓抹总相宜","端庄杂流丽,风健含婀娜"。他是崇尚自由而不拘一格的。他提倡豪放是崇尚自由的一种表现,然而也不拘泥于豪放一格,如所作《蝶恋花·花褪残红青杏小》。总之,凡抒情之作,自有特色。苏轼"诗化"般的革新,迅速改变着词的内质,词向诗逐渐靠拢,突出了"志之所之",也是向唐诗的高远古雅复归,使词的雅化取得了本质性突破。

婉约与豪放的形成,是宋词雅化的结果。豪放与婉约是词的艺术风格范畴,两种概念本身有着相当的模糊性,两者相互关系也是辩证的,并非壁垒分明。宋代词人之分派乃后人参照其代表作品的主要特色而做的大概归纳,不是说其作品都是清一色,不妨碍他们创作或欣赏多种艺术风格,尤其大作家往往是多面手,更不是说婉约、豪放之外,词坛别无其他艺术风格存在。"婉约"一词,早见于先秦古籍《国语·吴语》的"故婉约其辞"。晋陆机《文赋》用以论文学修辞:"或清虚以婉约,每除烦而去滥。"按诸诂训,"婉""约"两字都有"美""曲"之意。分别言之:"婉"为柔美、婉曲。"约"的本义为缠束,引申为精炼、隐约、微妙。从晚唐五代到宋的温庭筠、冯延巳、晏殊、欧阳修、秦观、李清照等一系列词坛名家的词风虽不无差别、各擅胜场，大体上都可归诸婉约范畴。其内容主要写男女情爱，离情别绪，伤春悲秋，光景流连；其形式大都婉丽柔美，含蓄蕴藉，情景交融，声调和谐。当然，也有以婉约手法抒写爱国壮志、时代感慨的，如辛弃疾的《摸鱼儿·更能消几番风雨》及周密、张炎等一些辞章。但其表现多用"比兴"象征手段，旨意朦胧，须读者去体味。"豪放"一词，其义自明。宋初李煜的"金剑已沉埋，壮气蒿莱"（《浪淘沙》），已见豪气。范仲淹《渔家傲·秋思》，也是"沉雄似张巡五言"。正式高举豪放旗帜的是苏轼，其《答陈季常书》云："又惠新词，句句警拔，诗人之雄，非小词也。但豪放太过，恐造物者不容人如此快活。"这说明他有意识地在当时盛行柔婉之风的词坛别开生面。这里谈到的近作即其《江城子·密州出猎》，词中抒写自己"亲射虎，看孙郎"的豪迈和"会挽雕弓如满月，西北望，射天狼"的壮志，与辛弃疾《破阵子》"马作的卢飞快，弓如霹雳弦惊"及《贺新郎》"看试手，补天裂"等"壮词"先后映辉。豪放之作在词坛振起雄风，注入词中强烈的爱国精神，唱出当时时代的最强音。总之，宋词中婉约、豪放两种风格流派的灿烂存在，两者中词人又各有不同的个性特色，加上兼综两格而独自名家如姜夔的"清空骚雅"等等，使词坛呈现双峰竞秀、万木争荣的气象。还应看到，两种风格既有区别的一面，也有互补的一面。上乘词作，往往豪放而含蕴深婉，婉约而清新流畅。如辛弃疾《沁园春》"青山意气峥嵘，似为我归来妩媚生"，秦观《鹊桥仙》"金风玉露一相逢，便胜却、人间无数"。可见，峥嵘生妩媚，清浅而深致，是辛弃疾、秦观等豪放、婉约词的极诣。

五、宋词与生活

辩证唯物主义认为：存在决定意识。宋词的成就，是由宋代的生活环境及人们的生活方式决定的。宋朝是一个经济高度发达、文化十分昌盛、政治相对开明、生活比较舒适的朝代。因此，英国学者汤因比说："如果让我选择，我愿意活在中国的宋朝。"余秋雨也说："我向往的朝代就是宋朝。"文化的本质含义，是指一个群体（一个民族、一个地域的族群在某一个社会发展时期）共同的整体生活方式和价值观念系统。其形成的决定性因素是人们认识自然、适应自然、利用自然以获取自己的生存空间，满足自己的生存和发展的状况、能力，它决定了人们的生存方式也决定了人们的价值系统。社会生活对宋词的影响，主要表现在以下几个方面。

宋代的歌伎生活。妇女的社会地位和生活状况，人们对男女情感的态度，是时代文化的重要内涵。宋代继承中晚唐以来的社会风气和时代心理，追求享乐的奢靡之风，使歌伎成为社会生活中一个很大很重要的群体。唐宋以来，歌伎分官伎、营伎、家伎和市伎。到了宋代，市伎群体超过了唐代，成为歌伎中的主体。这是相当多妇女的一种职业和生存方式。《宋稗类抄》卷七："京师中下之户不重生男。每育女，则爱护之如擎珠捧璧，稍长，则随其资质，教以艺，用备士大夫采择娱侍。"这些人社会地位当然很低，但是在男人的情感世界和两性生活中她们却很重要。上至皇帝、王公大臣、官僚士绅、文人学士，乃至商人、手工业者、贩夫走卒等等对她们都有欲求，甚至甘心沉溺其中，不肯自拔。歌伎的职业场所包括皇宫、官衙、军营、私家府邸、茶坊酒肆、勾栏瓦舍、秦楼楚馆等等。她们的职业要求,除了好相貌、好身材、好年龄、好气质之外,还要有好歌喉、好舞姿、好应对,乃至琴棋书画、投壶博塞等等,概括讲就是要色艺俱佳。培养一个出色的歌伎,往往要花很大的本钱。宋代的歌伎,一般都经过严格的挑选和严格的训练,她们比之深锁闺门按照"女子无才便是德"的信条养育出来明媒正娶的闺阁女子,有更为吸引人的地方。她们色相好、有才艺,风情万种,艺术品位很高,更容易在文人学士面前展示女性的娇媚和内心情感,更能和才子们沟通唱和,更具勾魂摄魄的魅力。宋朝的士人也把饮酒携伎作为一种名士风流"圣朝乐事"来看,以此满足他们的精神世界,激发创作灵感。宋词的传播方式主要是通过歌伎的传唱。所以,文人创作词的原动力,就是为歌伎传唱。比如柳永,他的词绝大部分都是为歌伎们写的。叶梦得的《避暑录话》说:"教坊乐工,每得新腔必求永为词——凡有井水饮处即能歌柳词。"文人与歌伎厮混熟了,歌伎索词,是双方都很快意,觉得很风雅的事。"曾为梅花醉不归,佳人挽袖乞新词,轻红遍写鸳鸯带,浓碧争斟翡翠卮。"(朱敦儒词)从皇帝到各级官僚、文人雅士都竞相填词,作者群体之众、涵盖方面之广,是令人惊叹的。今人所编《全宋词》收入作者 1300 多人,又有辑遗复得100 多人。除此之外,应该还有大量的下层乐师、歌伎们的词作在当时颇为流行,而由于不是名流,没有编辑成书,今天已经失传了。宋代歌伎成为一个庞大群体,支撑起一个相当大的产业,宋词当时已经成为一种文化产品,有很大的社会需求,这是宋词得以盛极一时的重要原因之一。

宋代的人际交往。注重礼仪是宋代人际交往的一个特征。为了表示对客人尊重,奉献一组歌舞是很流行的做法,演唱宋词则是必然的。宋代各级政府都有歌舞团队,州级政府的在籍官伎少则数十,多则上百。在公务宴请时,一定会为来宾表演节目。这些官伎都是训练有素的。《后山谈丛》载:"文元贾公居守北郡,欧阳永叔使北还,公预戒官伎办词以劝酒,伎唯唯。复使都厅招而喻之,伎亦唯唯。公怪叹,以为山野。既燕,伎奉觞歌以为寿,永叔把盏侧听,每为引觞。公复怪之,招问,歌皆其词也。"贾文元,所在的是边陲之地,那里的官伎素质还是那么高,招待欧阳修就专唱欧词讨客人欢心,欧阳修曾说他"少饮辄醉",这时却是"每为引觞",很是尽兴。宋代有些财富和身份的家庭蓄养家伎的现象是很普遍的,少则一二人,多则十几人乃至几十人。像晏殊家里的当家歌伎就有莲、鸿、苹、云四人,为她们伴奏伴舞等应该还有不少。苏轼词的一些序言里每每写道僚友家的家伎向其索词:"建安章质夫家善琵琶者,乞为歌词","时太守闾丘公显已致仕居姑苏,后方懿卿者,甚有才色,因赋此词","南海归赠王定国侍人寓娘"等等,苏轼自己家也蓄养歌伎。苏轼每接待客人,如果关系一般,必定要安排歌伎侍候,以示礼数。如果是二三知己,就免了这些虚套,只是饮酒清谈。请客人的宴会上唱什么词是很有讲究的。主人如果是词家,一般会演唱自己的词。尤其是如果得到了一首好的曲子,或填了一首自己比较得意的新词,更是一定要请朋友、同好一起欣赏。如果客人中有词人,也会让歌伎唱客人的词。然后互相欣赏推崇,达到宾主俱欢的效果。蓄伎的风气甚至在小市镇里也很盛行。《水浒传》里,渭州小城,卖肉的郑屠还要包养个唱曲的金氏;郓城县小吏宋江也收个唱曲的阎婆惜做外室;孟州的张都监,也养着一个玉兰,会唱苏学士的《水调歌头》,曾为武松唱曲劝酒。看来,宋代蓄养歌伎是当时社交的需要,是显示身份地位和文化品位的需要。这是宋代很值得注意的文化心理。宋代重大的喜庆活动,都要有歌词乐舞。皇室的封禅、祭郊、谢太庙、安放先皇灵位、皇帝寿诞庆典等等都有成套的歌词乐舞,排场是很大的。一般官员乃至百姓,做寿时都会有人献上寿词。而且过多大岁数的寿都能在寿词中唱来,显然都是专为某次祝寿专做的。在《全宋词》中收录了很多无名氏的作品,其中各种寿词占比很多,有寿父母的、寿叔叔的、夫寿妻的、自己寿自己的、寿外公的、寿丈人的、寿兄长的等等。看来当时是蔚然成风。其他,亲朋娶妻、纳妾、生子、生孙、庆满月等等,皆有贺词。可见词已经渗透到人们生活的方方面面,可以说是:无事不可词,事事必有词。

宋代的宴饮风气。宋代的酒业十分发达。一方面,手工业和商业的发展,使得汴京和临安等大都市空前繁荣,酒的消费大增;另一方面,粮食的丰足、酿酒业技术的成熟,使酒类品种增多,酒的质量提高,酒业的生产范围扩大。宋代的酿酒,上至宫廷,下至村寨,酿酒作坊,星罗棋布,分布之广,数量之众,都是空前的。北宋名酒近百种,有黄酒、白酒、葡萄酒、药酒几大类。在大大小小的城市乃至乡野,酒店都很多。首都汴京"正店"就有72家,"脚店"更是鳞次栉比;酒店的经营规模相当可观,所用器具都十分讲究。同时,达官贵人的家宴也极其豪奢。宋代酒业的规模有多大,可以从财税上看,宋真宗景德年间,商酒茶盐四项税收的总额为1233万贯,其中酒税428万贯。到宋仁宗庆历年间,仅酒税一项就有 1710 万贯,40 年间增加了四倍。估计占全部财政收入的比重不会低于四分之一。宋代的酒业和宋词关系十分密切。因为宋代酒属国家专卖,是财政的重要来源。官员的升迁也要看酒税收的多少,所以官府想办法扩大销售,酒店中常有歌伎招徕顾客,劝酒陪酒。《东京梦华录》:"向晚,灯烛莹煌,上下相照,浓妆伎女数百,聚于主廊面上,以待酒客呼唤,望之宛若神仙。"所以宋代"歌宴"和"酒席"是分不开的。除了官家的促销因素之外,人们对精神生活的追求是更为根本的因素。宋代的官员和文人学士,是一个庞大的文化群体,他们生活相当优裕,物质享受方面的需求解决之后,更多的追求是在精神方面。宋代词人写到酒的作品不计其数。歌女的任务之一就是侑酒,就是唱一些制造氛围的劝酒词,让主客俱欢。劝酒词也多是文人的得意之作。

柳永《少年游》:层波潋滟远山横,一笑一倾城,酒容红嫩歌喉清,百媚座中生。

欧阳修《浪淘沙》:好妓好歌喉,不醉难休,劝君满满酌金瓯。纵使花时常病酒,也是风流。

宋代的宴饮习俗是先饮酒,酒酣兴阑以后,需继之以茶,临结束时,还要奉上各种保健汤。所以,宴会上不仅有酒词,而且还有茶词和汤词。在整个宴饮过程中,主客的高情雅韵都得以表现,都会同时得到物质和精神的双重享受。其中重要的角色是陪侍的歌伎。她们要有纤纤玉手捧酒、捧茶、捧汤,还要用柔美清丽的歌喉唱劝酒词、劝茶词、劝汤词。她们是整个宴会气氛的烘托者、调节者,也是除了酒、茶、汤之外的品赏对象,甚至很多酒客醉之意不在酒。宋代饮茶之风很盛。单单品茶,也是文人士大夫们很经常的活动。宋人品茶是十分讲究的。茶的品类很多,龙团凤饼等极品茶十分难得。饮茶讲究用水,分季节用不同的火。其器具很专业:茶碾、茶罗、银瓶、茶筅、鹧鸪斑的兔毫盏等等。点茶的技术要求很高,斗茶、茗战、分茶等等也都是需要极高的茶艺的。宋词在宋代的宴饮风气中占有十分重要的地位,和酒、茶的关系密不可分,甚至可以说是其中不可或缺的重要成分。

宋代的时令节序。时令节序是民俗中最具有共性的部分,形成历史悠久,传承性很强。其实,这也是人们在长期的社会生活中为自己所做的一个节奏调整。人们在从事周而复始的生产劳动以及度过一年复一年的漫长岁月时,是必须有张有弛的,要有节奏的变化。所以,人们会找到适当的时机和适当的理由给自己安排个节日放松放松。早在周朝就有《礼记·月令》,南北朝时宗懔有《荆楚岁时记》,唐代韩鄂有《岁华记丽》,都记述了中国传统的时令节序风俗。这些风俗虽然有很强的传承性,但随着时代的变迁,还是有变化的。总的来说,越安定,越富裕,节日就会多,休闲和娱乐的成分就会更重。孟元老的《东京梦华录》、吴自牧的《梦粱录》、周密的《武林记事》、陈元靓的《岁时广记》所记两宋的时令节序活动,比之前代所记节庆要多不少,而且远为隆重繁盛,铺张扬厉。吟唱词曲成为节庆活动中不可或缺的环节,为节庆活动创作的词曲也成为宋词中的重要品类。《全宋词》中这类词有 1400 多首。南宋时人们编纂的《草堂诗余》,就是按时令节序编排的。其目的显然是为了歌舞班子表演的方便。特别是元宵节和中秋节,到宋朝成为朝野同欢的盛大节日,很多词作表现了这方面的内容。

欧阳修《生查子》:去年元夜时,花市灯如昼。月到柳梢头,人约黄昏后。今年元夜时,月与灯依旧,不见去年人,泪湿春衫袖。

李清照《永遇乐》:落日熔金,暮云合璧,人在何处?染柳烟浓,吹梅笛怨,春意知几许?元宵佳节,融和天气,次第岂无风雨?来相召,香车宝马,谢他酒朋诗侣。中州盛日,闺门多暇,记得偏重三五。铺翠冠儿,捻金雪柳,簇带争齐楚。如今憔悴,风鬟霜鬓,怕见夜间出去。不如向、帘儿底下,听人笑语。

辛弃疾《青玉案》:东风夜放花千树,更吹落、星如雨。宝马雕车香满路。凤箫声动,玉壶光转,一夜鱼龙舞。蛾儿雪柳黄金缕。笑语盈盈暗香去。众里寻他千百度,蓦然回首,那人却在,灯火阑珊处。

苏轼《水调歌头》:丙辰中秋,欢饮达旦,大醉作此篇,兼怀子由。明月几时有,把酒问青天,不知天上宫阙,今夕是何年。我欲乘风归去,又恐琼楼玉宇,高处不胜寒。起舞弄清影,何似在人间。转朱阁,低绮户,照无眠。

不应有恨,何事长向别时圆。人有悲欢离合、月有阴晴圆缺,此事古难全。但愿人长久,千里共婵娟。

《东京梦华录》中所载的重要节庆就有:正月一日年节(相当于今天之春节)、元旦朝会、立春、元宵、寒食、清明、四月八日(浴佛节)、端午、六月六崔府君日、六月二十四日灌口二郎神生日、七夕、中元节(盂兰盆节)、立秋、秋社、中秋、重阳、十月一日、天宁节(赵佶生日)、立冬、冬至、腊八、祭灶、除夕等等。宋代的这些节庆比之前代,其节庆气氛更浓,持续时间更长,节目活动更多、参与面更广、活动水准更高。为这些活动,词人们创作了作品,以供官家和百姓们欣赏玩乐,大大增加了歌舞升平的气象,也是其突出的特色之一。宋代这些节序时令词,很全面、很生动地反映了宋代人们的生活风貌和当时的民俗民风。从人们的习尚来看,相对富裕和安定的生活环境,使得人们的精神文化生活丰富多彩,有浓厚的休闲意趣。

六、宋词与人性

词在宋代远不是文人的专擅。由于在长期的传播中,形成了一个十分庞大的受众群体,爱词、能词的人十分广泛。上自帝王将相、公卿巨僚,下至贩夫走卒,以至小家碧玉、坊曲妓女、名门闺秀、女尼女冠无一不能词。不过下层人士的作品绝大多数都遗失了,保留至今的已经为数不多罢了。从宋代以至后代的笔记小说的大量记载中可知,很多歌伎都能即席赋词,而且往往让文人们很是钦佩。如成都歌伎陈凤仪、陆藻侍儿美奴、泸南歌伎盼盼、成都官伎赵才卿、杭州歌伎琴操、天台营伎严蕊、杭州歌乐婉、长安名伎聂胜琼、姑苏官伎苏琼、广汉营伎僧儿等多是才情不俗，和文人学士达官贵人唱和酬答应对自如。从她们留下的词作中，可以想见当时民间词的风貌和普及的情况。就是一般老百姓，也往往能出口成章。

有一个故事说一个樵夫母亲去世，他大放悲声，不自觉地唱出来竟是一首《长相思》的词："哭一声、叫一声，儿的声音娘贯听，叫娘娘不应。"《宣和遗事》中记载的一个故事也很能说明当时词的普及程度。说的是徽宗时候，元宵节一民妇赏了华灯。吃了官家赏赐的御酒，偷偷藏了官家的金杯，被押到徽宗面前，民妇巧辩说：因为和丈夫失散，自己又酒晕红颜，怕回去遭婆婆责怪，要用金杯为证，所以怀了此杯。当场作《鹧鸪天》一首："月满蓬壶灿烂灯，与郎携手至端门。贪观鹤降笙箫举，不觉鸳鸯失却群。天渐晓，感皇恩，传宣赐罢脸生春，归家切恐公婆责，乞赐金杯作照凭。"于是徽宗大悦，不加怪罪，赐了金杯，并说下不为例。

宋词的俗，恰恰说明了它是当时文化下移的潮流中，最适合时代要求、最适合大众需求的一种文艺样式。它的根在广大民众之中。文化下移是不可逆转的大趋势。俚俗词应该是词的本色。苏轼开了词的新境界，使词走向文人化：词的领域更广阔了，境界更高了，格调更雅致了，这是词的新发展。从纯文学的角度看，或许认为这些词更有文学水平和价值。但是，它却逐渐离开了词的本质特征，"以诗为词"则词亡。所以宋以后的词，就是诗化的词，没有了鲜活的市井气息，也就走向了式微。而文化下移的潮流就必然另辟蹊径：那就是词由诸宫调走向"曲"，走向杂剧。

人类文明的进步,关键是看人性觉醒的程度。宋代,好财利之欲在冲决文化价值思维悖谬的藩篱,成为社会个体普遍的价值追求的时候,也是个体人性之觉醒,个体文化价值得以重新审视和确认的时刻。人们在金钱和财富中看到了价值,看到了人生之所需,认识到这是自我价值追求的目标。这一文化价值论,与宋代盛行的享乐之风一道,成为宋词文化定位的一个重要基础。这种文化转型从中唐就开始了,宋朝顺潮流而行。为推动这一潮流,宋代帝王采取了宽民政策,以民乐为治世标准。以此为基础,平民地位的不断提高,特别是寒士通过科举而参与朝政,推动了宋代精英文化与世俗文化的融合,形成了宋代全社会的世俗化风潮。

宋词是宋代平民文学的载体。作为"新声"的曲子词是深受宋人包括帝王在内的由衷喜好。朝廷对音乐的改革,加上统治者的喜好,则刺激了宋词的传播和繁盛。北宋所有的词人,从晏殊、宋祁到张先、柳永,从苏轼、晏几道、黄庭坚到秦观、周邦彦、贺铸、毛滂等众多词人,每一位都是言情高手,每一位的词集都辉映出对道统和文统嘲笑和反叛的人性光芒。宋词"表现与人性、人情有关的私生活、个人欲望和喜怒哀乐",内容和女性有着很密切的关系。可以说,女性地位的提高和词的内容的表现是相辅相成的。在宋代,妇女的地位有了很大的提高。因为男人开始将她们视为知己,并深入到她们的内心世界,因此流露在词里就显得真切、感人、深情、细腻。宋代男性对妇女的观念有了很大改变是和宋人"对人的关注"有密切关系。这正也促使妇女自身的人文觉醒。宋代的女子也可以受教育,并出现了许多能诗会文的女子。

在宋代,女词人是群体性崛起,这才是真正从本质意义上展现了宋型文化在妇女观念和女性独立人格价值意识方面表现出的文明和进步,它标志着宋代文明在某种程度上已进入近代文明发展阶段。

宋人选择词,词在宋代的繁盛,是词自身带来的,也与人的生存发展和文明进化有着内在的必然联系。曲子词从其产生时候起,便带来了具有世俗性、平民性等特征,多民族、多样式的文化元素,复合为一种新的文学艺术形式,在宋代获得了适合它生长的土壤、空气、水分与养料,于是就成长为能够代表宋代文学的参天大树,这是一种历史的必然。

是为序。

王科健

2015 年 7 月 10 日

目　录

附录：古诗

暗香①·心雨

2014 年 5 月 15 日

陶令②本色,似乐天③为我,贤文④读过。城南旧事,庭前花开与花落⑤。放下熙熙⑥岁月,又了却空名许多。但留存明月清泉⑦,把恬淡浅酌。

心雨,已萧索⑧。忧黄土高坡,怀梦家国。轩窗夜读,潇潇之竹⑨意惙惙。常记穷乡僻壤,大漠长河⑩日劳作。尘满面、汗如血,可与谁说。

注释:

①暗香:词牌名。南宋姜夔自度"仙吕宫"曲,与《疏影》为组曲,有乐谱传世。其小序云:"辛亥之冬,予载雪诣石湖,止既月,授简索句,且征新声,作此两曲。石湖把玩不已,使工伎隶习之,

音节谐婉,乃名之曰《暗香》《疏影》。"后张炎用以咏荷花荷叶,更名《红情》《绿意》。此曲九十七字,前片五仄韵,后片七仄韵,例用入声韵部。前片第五字,后片第六字,皆领格字,宜用去声。

②陶令:即陶渊明(约 365—427 年),字元亮,又名潜,世称靖节先生,浔阳柴桑人。东晋末期南朝宋初诗人、辞赋家。曾任江州祭酒、建威参军、镇军参军、彭泽县令等,自做彭泽县令八十多天便弃职而去,从此归隐田园。他是中国第一位田园诗人,著有《陶渊明集》,被称为"千古隐逸之宗"。田园生活是陶渊明诗的主要题材,相关作品有《饮酒》《归园田居》《桃花源记》《五柳先生传》《归去来兮辞》等。毛泽东主席在《七律·登庐山》(1959 年 7 月 1 日)中有诗句:"陶令不知何处去,桃花源里可耕田?"

③乐天:即白居易(772—846 年),字乐天,号香山居士,又号醉吟先生,河南新郑人,唐代伟大的现实主义诗人,唐代三大诗人之一。白居易的诗歌题材广泛,形式多样,语言平易通俗,有"诗魔"和"诗王"之称。官至翰林学士、左赞善大夫,有《白氏长庆集》传世,代表诗作有《白氏长庆集》《长恨歌》《卖炭翁》《琵琶行》等。作品反映社会现实,以白描民间生活为主,关注下层平民疾苦。主张"文章合为时而著,歌诗合为事而作"。

④贤文:即《增广贤文》,又名《昔时贤文》《古今贤文》,我国明代时期编写的道家儿童启蒙书目。书名最早见之于明代万历年间的戏曲《牡丹亭》,据此可推知此书最迟写成于万历年间。此书集结了从古到今的各种格言、谚语。后来,经过明、清两代文人的不断增补,才改成现在这个模样,称《增广昔时贤文》,通称《增广贤文》。

⑤庭前花开与花落:即对联"宠辱不惊,闲看庭前花开花落;去留无意,漫随天外云卷云舒"。出自陈继儒《小窗幽记》,释义为人做事能视宠辱如花开花落般平常,才能不惊;视职位去留如云卷云舒般变幻,才能无意。

⑥熙熙:即"天下熙熙,皆为利来,天下攘攘,皆为利往"。出自我国西汉著名史学家、文学家司马迁《史记·货殖列传》,意思是说天下人为了利益而蜂拥而至,为了利益各奔东西。

⑦明月清泉:即"明月松间照,清泉石上流"诗句,出自唐代王维《山居秋暝》。

⑧萧索:淡漠。

⑨萧萧之竹:即"衙斋卧听萧萧竹,疑是民间疾苦声"诗句,出自清代诗人郑燮的《墨竹图题诗》。

⑩大漠长河:即"大漠孤烟直,长河落日圆"诗句,出自唐代诗人王维的《使至塞上》。

八声甘州①·忆江南②

2013 年 3 月 1 日

水淡淡含烟薄雾轻,暮云几点星。残红妆玉树,翠袖金屋③,梦在江城④。泛舟西子⑤抬眼,莲蓬⑥动花腥。雷峰⑦鼓角响,悲如秋声。

红楼⑧一梦沉醉,忆千里佳客,品茗方醒。问春秋论语⑨,丹心照汗青。尘缘空,谁人独处? 游江湖,叹岸沚兰汀。煮新酒,随东风去,念与云平⑩。

注释:

①八声甘州:《八声甘州》既是词牌名,也是曲牌名。词牌《八声甘州》又名《甘州》《潇潇雨》《宴瑶池》,是从唐教坊大曲《甘州》截取一段改制的,后用为词牌。因全词前后片共八韵,故名八声,

慢词。与《甘州遍》之曲破,《甘州子》之令词不同。《词语》以柳永词为正体。曲牌《八声甘州》南北曲均有此曲牌,属仙吕宫。今所传《八声甘州》《乐章集》入"仙吕调"。因全词共八韵,故称"八声"。双调九十七字,前片四十六字,后片五十一字,前后片各九句四平韵,也有在起句增一韵的。前片起句、第三句,后片第二句、第四句,多用领句字。另有九十五字、九十六字、九十八字体,是变格。《西域记》云:"龟兹国土制曲,《伊州》《甘州》《梁州》等曲翻入中国。"《伊州》《甘州》《梁州》诸曲,音节慷慨悲壮,柳永精通音律,用来抒写他贫士失意的感慨,有声情并茂的艺术效果。

②忆江南:这首新词是对 2012 年 6 月在杭州考察感受的回顾。

③金屋:杭州西湖中的画舫。

④江城:指杭州。

⑤西子:指杭州西湖。

⑥莲蓬:又名莲子肉、藕实、水芝丹、莲蓬子、莲实、蓬肉,杭州西湖中生长许多。莲蓬的莲房煮茶可预防糖尿病,晒干取出种子的莲蓬,可以熬汤加冰糖喝,味苦性涩湿,为散瘀治带药。

⑦雷峰:指雷峰塔,杭州西湖古塔,又名皇妃塔,又称西关砖塔。在西湖南岸夕照山的雷峰上,南屏山日慧峰下净慈寺前。雷峰塔为吴越国王钱俶因黄妃得子建,初名"黄妃塔",因地建雷峰,后人改称"雷峰塔"。旧塔已于 1924 年倒塌,现已重建。雷峰夕照为西湖十景之一。新建的雷峰塔为中国铜领域第一人朱炳仁担纲铜总工艺师,使这座塔成为中国首座彩色铜雕宝塔。

⑧红楼:指中国四大名著之一《红楼梦》。杭州西湖画舫中绘

有《红楼梦》故事。

⑨春秋论语:指国学经典著作《春秋》《论语》,与《大学》《中庸》《孟子》《诗经》《尚书》《礼记》《易经》并称"四书五经"。《春秋》是儒家五经之一,是孔子据鲁国史书《鲁春秋》修订的,借由记载各诸侯国重大历史事件,宣扬王道思想。由此,春秋一词又被用作指我国历史上的一个时期。《论语》是儒家学派的经典著作之一,由孔子的弟子及其再传弟子编撰而成。它以语录体和对话文体为主,记录了孔子及其弟子言行,集中体现了孔子的政治主张、伦理思想、道德观念及教育原则等。

⑩念与云平:一种自然状态或境界。

卜算子①·春雪

2013 年 3 月 2 日

春雪眷②风尘③,不堪为春误。飘零④消融自有时,总教春作主。

渗入泥土去,谁人可留住? 待到春花遍山头⑤,才知是归处。

注释:

①卜算子:词牌名,又名《百尺楼》《眉峰碧》《楚天遥》等。相传是借用唐代诗人骆宾王的绰号。骆宾王写诗好用数字取名,人称"卜算子",北宋时盛行此曲。万树《词律》以为取义于"卖卜算命之人"。双调,四十四字,上下片各两仄韵。两结亦可酌增衬字,化五言句为六言句,于第三字逗。宋教坊复演为慢曲,《乐章集》

入"歇指调"。八十九字,前片四仄韵,后片五仄韵。宋词中有影响的是陆游的《卜算子·咏梅》:"驿外断桥边,寂寞开无主。已是黄昏独自愁,更著风和雨。无意苦争春,一任群芳妒。零落成泥碾作尘,只有香如故。"

②眷:顾念,爱恋。

③风尘:大自然。

④飘零:大风刮起。

⑤春花遍山头:指气温升高,冰雪消融大地,春花盛开。

卜算子·秋雨

2013 年 9 月 23 日

　　暮霭①沉山峦，野草荒径远。秋雨秋叶零落②时，萧瑟又一年。

　　今夜秋风寒，听雨人无眠。风雨③漂泊④平常事，心雨⑤湿琴弦⑥。

注释：

①暮霭：傍晚时的云雾。柳永《雨霖铃》"暮霭沉沉楚天阔"。

②零落：这里是停止的意思。

③风雨漂泊：指人生旅程中的一切。

④心雨：心中的想法。

⑤琴弦：这里指好友。

采桑子^①·天雨

2012 年 5 月 23 日

圣地^②润泽成新曲,春雨潇潇。夏雨潇潇,洗净凡尘又一宵。

西岩^③青绿萦怀抱,看也妖娆。想也妖娆,梦到月夜会师桥^④。

注释:

①采桑子:词牌名,又名丑奴儿令、罗敷艳歌、罗敷媚。唐教坊大曲有《杨下采桑》,南卓《羯鼓乐》作《凉下采桑》,属"太簇角"。此双调小令,就大曲中截取一段为之。《尊前集》注"羽调"。《张子野词》入"双调"。双调44字,上下阙各四句三平韵。别有添字格,两结句各添二字,两平韵,一叠韵。李煜的《采桑子·辘轳金井梧

桐晚》是代表词作之一："辘轳金井梧桐晚,几树惊秋。昼雨新愁,百尺虾须在玉钩。琼窗春断双蛾皱,回首边头。欲寄鳞游,九曲寒波不泝流。"

②圣地:指甘肃会宁县。因 1936 年中国工农红军三大主力会师于此,被誉为会师圣地。

③西岩:会宁县城西南西岩山。

④会师桥:会宁县城北门附近横跨祖厉河的大桥。

采桑子·端午①

2015 年 6 月 20 日

汨罗②离歌③回风悲④,雾薄雨微。斜阳雨坠⑤,芳草凄凄白鹭⑥飞。

一片棕叶⑦千滴泪,渔夫⑧相随。龙舟⑨相追,殇国⑩声咽鼓声⑪碎。

注释:

①端午:端午节为每年农历五月初五,又称端阳节、午日节、五月节等。端午节为我国国家法定节假日之一,并已被列入世界非物质文化遗产名录。端午节起源于中国,最初是中国人民祛病防疫的节日,吴越之地春秋之前有在农历五月初五以龙舟竞渡形式举行部落图腾祭祀的习俗;后因诗人屈原在这一天死去,便成

了中国汉族人民纪念屈原的传统节日；部分地区也有纪念伍子胥、曹娥等说法。端午节有吃粽子，喝雄黄酒，挂菖蒲、蒿草、艾叶，薰苍术、白芷，赛龙舟的习俗。

②汨罗：即汨罗江，地处湖南岳阳。汨罗江分为南北两支，南支称"汨水"，为主源；北支称"罗水"，至汨罗市屈谭（大丘湾）汇合称"汨罗江"。汨罗江全长253公里，流域面积达5543平方公里。长乐以上，河流流经丘陵山区，水系发育，水量丰富。长乐以下，支流汇入较少，河道展宽可以通航。为南洞庭湖滨湖区最大河流。诗人屈原曾于公元前278年农历五月初五投汨罗江自尽。汨罗江两岸粉墙村舍，桃红柳绿，民风淳朴，水草肥美，具有典型的江南水乡风貌。今留有屈子祠、骚坛、屈原墓群等古迹和遗迹。屈原墓位于汨罗山上，12个小山式的封土堆散布在1500平方米的山坡上，这些土堆前立有"故楚三闾大夫墓"或"楚三闾大夫墓"石碑，是屈原12疑冢。每逢农历五月初五，汨罗江畔的百姓总要举行盛大的龙舟竞赛活动，以纪念伟大的爱国主义诗人屈原。

③离歌：这里是双关语，既指屈原作品《离骚》，也有离别之意。

④回风悲：这里指屈原作品《九章·悲回风》。以首句"悲回风之摇蕙兮"为名，写于屈原不受楚王重用，被放逐的时期。全诗艺术上的最大特点是心理刻画手法上的高妙，未见事实之叙述，全是作者心理活动的展现。作品前四句"悲回风之摇蕙兮，心冤结而内伤。物有微而陨性兮，声有隐而先倡"翻译后的意思是："悲痛回旋之风摇落蕙草，我心中郁结内自感伤。物有因美好而本性凋丧，声有因隐微而不能起唱。"

⑤坠:坠下。这里指雨很大。

⑥白鹭:常见留鸟及候鸟,分布在中国南方。习性是喜稻田、河岸、沙滩、泥滩及沿海小溪流,习惯成散群进食,常与其他种类混群。有时飞越沿海浅水追捕猎物,夜晚飞回栖处时呈"V"字队形。与其他水鸟一道集群营巢,湖南、湖北为主要栖息地。

⑦棕叶:一种是生长在陆地的箬叶,一种是生长在水里的苇叶。在我国南方大部分一直用箬叶包粽子,就是利用其特殊的竹香味和防腐作用。《本草纲目》中早就有记载,棕叶具有清热止血、解毒消肿,治吐血、下血、小便不利、痈肿等功效。近年来研究证明,箬竹叶多糖物具有抗癌效果。《中药大词典》中也介绍棕叶有清热止血、解毒消肿,治吐血、小便不利、喉痹、痈肿等功用。

⑧渔夫:这里也是双关语,既指屈原作品《渔夫》,也指打鱼的人。《渔夫》中有"举世皆浊我独清,众人皆醉我独醒"之名句。

⑨龙舟:指中国南方的龙舟比赛。

⑩殇国:指屈原作品《九歌·国殇》,追悼楚国阵亡士卒的挽诗。此诗歌颂了楚国将士的英雄气概和爱国精神,对雪洗国耻寄予热望,抒发了作者热爱祖国的高尚感情。全诗情感真挚炽烈,节奏鲜明急促,抒写开张扬厉,传达出一种凛然悲壮、亢直阳刚之美。

⑪鼓声:龙舟比赛的鼓点声。

长相思①·悯农

2013 年 3 月 15 日

雨水②是。惊蛰③是。春分④清明⑤催耕时。打碗花⑥开迟。

谷雨⑦知。立夏⑧知。小满⑨芒种⑩无闲事。锄禾到夏至⑪。

注释：

①长相思：词牌名，唐教坊曲。《古诗十九首》有"客从远方来，遗我一书札。上言长相思，下言久离别"（作者未知）得名。又名《双红豆》《忆多娇》。后主李煜词名《长相思令》。宋人林逋有"吴山青"，又名《吴山青》；张辑有"江南山渐青"，又名《山渐青》；张先词名《相思令》；赵鼎词名《琴调相思令》。金代嘛钰词名《长思仙》。元代仇远词名《越山青》；王行词名《青山相送迎》。明人孙

秉宗词名《长思令》。清人沈谦新翻仄体词名《叶落秋窗》等。原有平仄两格，双调三十六字。平韵格为前后阕格式相同，各三平韵，一叠韵，一韵到底；仄韵格如是压仄韵。别有四十四字三首联章一体。唐时张继《长相思》一首，令狐楚二首，俱乐府诗，非词体格。历史上著名的《长相思》词令作者有白居易、陈东甫、林逋、晏几道、万俟咏、纳兰性德、李煜、王灼、欧阳修等。

②雨水：二十四节气中的第二个节气。每年的正月十五前后，太阳黄经达330°时，是二十四节气的雨水。此时，气温回升、冰雪融化、降水增多，故取名为雨水。雨水节气时段一般从公历2月18日或19日开始，到3月4日或5日结束。雨水表示两层意思：一是天气回暖，降水量逐渐增多了；二是在降水形式上，雪渐少了，雨渐多了。

③惊蛰：二十四节气中的第三个节气。每年二月初一前后（公历3月5-6日期间），太阳到达黄经345°时为"惊蛰"。惊蛰的意思是天气回暖，春雷始鸣，惊醒蛰伏于地下冬眠的昆虫。"蛰"是藏的意思。

④春分：春季九十天的中分点。二十四节气之一，每年二月十五日前后（公历大约为3月20-21日期间），太阳位于黄经0°时。春分这一天太阳直射地球赤道，南北半球季节相反，北半球是春分，在南半球来说就是秋分。春分是伊朗、土耳其、阿富汗、乌兹别克斯坦等国的新年，有着3000年的历史。《月令七十二候集解》："二月中，分者半也，此当九十日之半，故谓之分。秋同义。"《春秋繁露·阴阳出入上下篇》说："春分者，阴阳相半也，故昼夜均而寒暑平。"

⑤清明:夏历二十四节气之一。在春分之后,谷雨之前。《历书》:"春分后十五日,斗指丁,为清明,时万物皆洁齐而清明,盖时当,因此得名。"清明时节,气温上升,中国南部雾气少,北部风沙消失,空气通透性好。清明所属三候为"一候桐始华;二候田鼠化为鴽;三候虹始见"。意即在这个时节先是白桐花开放,接着喜阴的田鼠不见了,全回到了地下的洞中,然后是雨后的天空中可以见到彩虹了。《岁时百问》中说:"万物生长此时,皆清洁而明净,故谓之清明。"清明节与除、盂、九三节也是中国传统节日里祭祖的四大节日。

⑥打碗花:也叫打碗碗花,别名小旋花,习称旋花、常春藤打碗花,有红紫、蓝、白多色。多年生草质藤本。主根较粗长,横走。茎细弱,匍匐或攀援,叶互生。分布于全国各地,适生于湿润而肥沃的土壤,亦耐瘠薄和干旱。

⑦谷雨:二十四节气的第六个节气,每年4月19-21日,太阳到达黄经30°时为谷雨,源自古人"雨生百谷"之说。同时也是播种移苗、埯瓜点豆的最佳时节。"清明断雪,谷雨断霜",气象专家表示,谷雨是春季最后一个节气,谷雨节气的到来意味着寒潮天气基本结束,气温回升加快,大大有利于谷类农作物的生长。

⑧立夏:每年四月初一前后(公历5月5-6日期间),太阳到达黄经45°时为农历的立夏节气,"斗指东南,维为立夏,万物至此皆长大,故名立夏也"。此时,太阳黄经为45°,在天文学上,立夏表示即将告别春天,是夏日天的开始。人们习惯上都把立夏当作是温度明显升高,炎暑将临,雷雨增多,农作物进入旺季生长的一个重要节气。

⑨小满：二十四节气的第八个节气，每年 5 月 20 日到 22 日之间视太阳到达黄径 60°时为小满节气。小满的含义是夏熟作物的籽粒开始灌浆饱满，但还未成熟，只是小满，还未大满，夏收、夏种、夏管，"三夏"大忙的序幕将从此时拉开，农民迎来又一个繁忙的季节

⑩芒种：二十四节气的第九个节气，一般在 6 月 6 日前后，太阳到达黄经 75°的时候。芒种字面的意思是"有芒的麦子快收，有芒的稻子可种"。《月令七十二候集解》："五月节，谓有芒之种谷可稼种矣。" 此时中国长江中下游地区将进入多雨的黄梅时节。芒种，是农作物成熟的意思。春争日，夏争时，"争时"即指这个时节的收种农忙。人们常说"三夏"大忙季节，即指忙于夏收、夏种和春播作物的夏管。所以，"芒种"也称为"忙种""忙着种"，是农民散播播种。

⑪夏至：二十四节气中最早被确定的一个节气。公元前 7 世纪，先人采用土圭测日影，就确定了夏至。每年的夏至从 6 月 21 日（或 22 日）开始，至 7 月 7 日（或 8 日）结束。据《恪遵宪度抄本》："日北至，日长之至，日影短至，故曰夏至。至者，极也。"夏至这天，太阳直射地面的位置到达一年的最北端，几乎直射北回归线（北纬 23°26′），北半球的白昼达到最长，且越往北昼越长。夏至以后，太阳直射地面的位置逐渐南移，北半球的白昼日渐缩短。民间有"吃过夏至面，一天短一线"的说法。而此时南半球正值隆冬。中国古代将夏至分为三候："一候鹿角解；二候蝉始鸣；三候半夏生。"麋与鹿虽属同科，但古人认为，二者一属阴一属阳。鹿的角朝前生，所以属阳。夏至日阴气生而阳气始衰，所以阳性的

鹿角便开始脱落。而麋因属阴,所以在冬至日角才脱落;雄性的知了在夏至后因感阴气之生便鼓翼而鸣;半夏是一种喜阴的药草,因在仲夏的沼泽地或水田中出生所以得名。由此可见,在炎热的仲夏,一些喜阴的生物开始出现,而阳性的生物却开始衰退了。中国民间把夏至后的15天分成3"时",一般头时3天,中时5天,末时7天。这期间我国大部分地区气温较高,日照充足,作物生长很快,生理和生态需水均较多。此时的降水对农业产量影响很大,有"夏至雨点值千金"之说。

钗头凤①·秋思

2013 年 8 月 25 日

金盏花②,青纱帐③。秋色浓郁十里香④。天地阔,日月梭。昨夜沧桑,今朝丰硕。多、多、多。

秋风爽,油菜⑤黄。情牵绿野田园乡⑥。旧雨⑦过,心事⑧多。流水依然,思绪难托⑨。喏、喏、喏。

注释:

①钗头凤:又名《折红英》。六十字,上下片各七仄韵,两叠韵,两部递换,声情凄紧。有很多古代和现代诗人,都以此曲调创作了许多著名的诗词。京这一曲调,上下阕各叠用四个三言短句,两个四言偶句,一个三字叠句,而且每句都用仄声收脚,尽管全阕四换韵,但不使用平仄互换来取得和婉,却在上半阕以上换

入,下半阕以去换入,这就构成整体的拗怒音节,显示一种情急调苦的姿态,是恰当表达作者当时当地的苦痛心情的。

②金盏花:即金盏菊,又名金盏花,为菊科金盏菊属植物。金盏菊植株矮生,花朵密集,花色鲜艳夺目,花期又长,是早春园林和城市中最常见的草本花卉。

③青纱帐:指玉米边片形成的景象。

④十里香:指田野里农作物成熟后的气息。

⑤油菜:别名油白菜,又名芸苔、寒菜、胡菜、苦菜、小青菜。茎、叶用蔬菜,原产我国,颜色深绿,帮如白菜,属十字花科芸薹,是白菜变种,一年生或多年生草本植物。南北广为栽培,四季均有供产。喜冷凉,抗寒力较强,种子发芽的最低温度3℃~5℃,在20℃~27℃条件下3天出苗,根系较发达,主根入土深,支、细根多,要求土层深厚,结构良好,有机质丰富。既保肥保水,又疏松通气的壤质土,在弱酸或中性土壤中,更有利于增加产量,提高菜籽含油率。油菜茎圆柱形,多分枝。叶互生。总状花序,花黄色鲜,开花期长,蜜腺发达。结长角果,种子球形,有红、黄、黑等颜色,含油率百分之三十五至百分之五十。菜籽油含有丰富的脂肪酸和多种维生素,营养价值高。不但是良好的食用植物油,而且在工业上也有广泛的用途。

⑥绿野田园:这里指故乡。

⑦旧雨:这时指往事。

⑧心事:怀念儿时伙伴。

⑨难托:难以转达。

点绛唇^①·白露^②

2010 年 9 月 18 日

　　金谷^③丰年,春种秋收谁为主？荞花^④落处,满地寒雨露^⑤。

　　又是农忙,归来日已暮。人如故,炊烟无数,沽酒^⑥风尘^⑦路。

注释:

①点绛唇:词牌名,此调因梁江淹《咏美人春游》诗中有"白雪凝琼貌,明珠点绛唇"句而取名。四十一字。上阕四句,从第二句起用三仄韵;下阕五句,亦从第二句起用四仄韵。《词律》认为,上阕第二句第一字宜用去声,"作平则不起调"。但亦有作平起调者。又有《点樱桃》《十八香》《南浦月》《沙头雨》《寻瑶草》《万年

春》异名。明朝杨慎《升庵词品》："《点绛唇》取梁江淹诗'白雪凝琼貌，明珠点绛唇'以为名。"《词谱》以冯延巳词为正体，始见于南唐冯延巳《阳春集》。元《太平乐府》注：仙吕宫。高拭词注：黄钟宫。《正音谱》注：仙吕调。宋王禹偁词，名《点樱桃》；王十朋词，名《十八香》；张辑词有"邀月过南浦"句，名《南浦月》；又有"遥隔沙头雨"句，名《沙头雨》；韩淲词有"更约寻瑶草"句，名《寻瑶草》。在京剧中，《点绛唇》又通称为"点将"，用于元帅升帐、江湖豪客的排山等，其作用是为了表现场面的宏大和增强气氛。

②白露：二十四节气中的第十五个节气。每年八月中太阳到达黄经 165°时为白露。《月令七十二候集解》中说："八月节……阴气渐重，露凝而白也。"天气渐转凉，会在清晨时分发现地面和叶子上有许多露珠，这是因夜晚水汽凝结在上面，故名。古人以四时配五行，秋属金，金色白，故以白形容秋露。白露是九月的头一个节气。露是由于温度降低，水汽在地面或近地物体上凝结而成的水珠。所以，白露实际上是表征天气已经转凉。这时，人们就会明显地感觉到炎热的夏天已过，而凉爽的秋天已经到来了。因为白天的温度虽然仍达三十几度，可是夜晚之后，就下降到二十几度，两者之间的温度差达十多度。阳气是在夏至达到顶点，物极必反，阴气也在此时兴起。到了白露，阴气逐渐加重，清晨的露水随之日益加厚，凝结成一层白白的水滴，所以就称之为白露。俗语云："处暑十八盆，白露勿露身。"这两句话的意思是说，处暑仍热，每天须用一盆水洗澡，过了十八天，到了白露，就不要赤膊裸体了，以免着凉。还有句俗话："白露白迷迷，秋分稻秀齐。"意思是说，白露前后若有露，则晚稻将有好收成。

③金谷:秋天的谷子。金,秋天;古人以四时配五行,秋属金。

④荞花:荞麦花儿。荞麦是我国北方地区种植较多的粮食作物,下种晚,在比较凉爽的气候下开花,西北地区在白露前后收割。一般是干旱地区下雨后抢种,或者在受水灾以后作为补种,也可以作为绿肥、饲料或防止水土流失的覆盖植物。

⑤寒雨露:白露过后秋雨增多,早晨露水加重。

⑥沽酒:从集市上买来的酒。沽,卖。《论语·乡党》:"沽酒、市脯,不食。"唐韩愈《赠崔立之评事》诗:"墙根菊花好沽酒,钱帛纵空衣可准。"

⑦风尘:这里比喻秋收晚归时的艰辛和劳累。

点绛唇·初夏

2013 年 5 月 16 日

昨夜风雨，一树梨花①尽入湖②。点点生香，化作青春舞③。

鲤跃龙门，涟漪荡漾处，琼花④疏。光影迷离，人静花如故⑤。

注释：

①一树梨花:意想中的白色花儿。

②湖:指会宁北湖水库。

③青春舞:在水中飘动的样子。

④琼花:阳光照耀下的白花。

⑤如故:原来的样子。

蝶恋花①·学子②

2011 年 7 月 7 日

　　昼读夜诵未言困,饥肠辘辘,心志③难摇动。苦抓苦帮与苦供④,黄土地上背负⑤重。

　　寒窗磨就穿石功,暮鼓晨钟,至圣先师⑥颂。水木清华⑦非是梦,未名湖⑧畔灯花弄。

注释:

　　①蝶恋花:词牌名,商调曲,原唐教坊曲名,本采用于梁简文帝乐府:"翻阶蛱蝶恋花情"为名,又名《黄金缕》《鹊踏枝》《凤栖梧》《卷珠帘》《一箩金》《江如练》《西笑吟》。《乐章集》《张子野词》并入"小石调",《清真集》入"商调"。赵令畤有《商调蝶恋花》,联章作《鼓子词》,咏《会真记》事。其词牌始于宋。双调,上下片各四仄韵,共六十个字。自宋代以来,产生了不少以《蝶恋花》为词牌

的优美词章,像宋代柳永、苏轼、晏殊等人的《蝶恋花》,都是历代经久不衰的绝唱。以蝶恋花为词牌,作者一般多抒写缠绵悱恻的情感或抒写心中愁绪,虽有部分山水,但多是寄情于物的表现。

②学子:这里特指甘肃会宁的中学生。

③心志:考大学的愿望。

④苦抓苦帮与苦供:指20世纪80年代会宁县总结出的会宁教育"三苦"精神"领导苦抓、家长苦供、学生苦学"。到2000年以后,又提升为"三苦两乐"精神,即"领导苦抓、社会苦帮、家长苦供、教师乐教、学生乐学"。

⑤背负:负担。

⑥至圣先师:旧时特指孔子,也称大成至圣先师。至:最。《礼记·中庸》:"唯天下至圣,为能联盟睿知,足以有临也。"《礼记·文王世子》:"凡始立学者,必释奠于先圣先师。"凡学,春官释奠于其先师,秋冬亦如之。凡始立学者,必释奠于先圣先师,及行事,必以币。凡释奠者,必有合也。及行事,必以币。凡释奠者,必有合也。

⑦水木清华:这里指清华大学。"水木清华"四字,原指园林景色清朗秀丽,出自于晋代诗人谢混的诗句:"惠风荡繁囿,白云屯曾阿。景昃鸣禽集,水木湛清华。"

⑧未名湖:这里指北京大学。未名湖,是北京大学校园内最大的人工湖,位于校园中北部。形状呈U形。湖南部有翻尾石鱼雕塑,中央有湖心岛,由桥与北岸相通。湖心岛的南端有一个石舫。湖南岸上有钟亭、临湖轩、花神庙和埃德加·斯诺墓,东岸有博雅塔。未名湖是北京大学的标志景观之一。

蝶恋花·谷雨①

2012 年 4 月 15 日

最是人间四月天②,柳黄如烟,玉笛③声声慢。草长莺
飞水已暖,翠袖清影④多凭栏⑤。

遥想黄土魂难断,转眼谷雨,农时春更短⑥。好把籽种
予⑦田园⑧,夏雨不似春雨远⑨。

注释:

①谷雨:二十四节气的第六个节气。

②人间四月天:出自林徽因经典诗作《你是人间的四月天》。
"我说你是人间的四月天,/笑响点亮了四面风,/轻灵在春的光艳
中交舞着变。/你是四月早天里的云烟,/黄昏吹着风的软,/星子
在无意中闪,/细雨点洒在花前。"四月,是春天中的盛季。在这样

的季节里,诗人要写下心中的爱,写下一季的心情。这样的四月,该如苏东坡笔下的江南春景。那鹅黄,是韧放的生命;那绿色,蕴含着无限的生机;那柔嫩的生命,新鲜的景色,在这样的季节里泛着神圣的光。这神圣和佛前的圣水一样,明净、澄澈,和佛心中的白莲花一样,美丽、带着爱的光辉。林徽因(1904—1955)原名徽音,福建闽侯人,建筑师、作家、新月派诗人之一,中国第一位女性建筑学家,同时也被胡适誉为中国一代才女。林徽因一生著述甚多,其中包括散文、诗歌、小说、剧本、译文和书信等作品,均属佳作,其中代表作为《你是人间的四月天》。

③玉笛:柳笛,用春天新绿的柳枝做成。

④翠袖清影:身着宽袖绿衫在水边游览的女子。

⑤栏:水边的栏杆。

⑥农时春更短:春种时节,时间过得很快。

⑦予:播种。

⑧田园:这里指农田。

⑨夏雨不似春雨远:春雨来得迟,夏雨应该来得很快。这里表达对雨水的期盼。

蝶恋花·雨后①

2012 年 5 月 28 日

雨后夕照②透碧纱。沟壑深处,老树③发新芽。绿草如茵可舞鼓,牧羊雪白听胡笳④。

清流玉带⑤向天涯。麦箭⑥成行,燕子⑦飞谁家?黄土地上青黛⑧起,秋岚⑨缥缈画中画。

注释:

①雨后:这首新词描摹的是一幅《雨后》的摄影作品,时间大约在秋季。

②雨后夕照:明代会宁古八景之一。

③老树:祖厉河流域的老柳树。

④胡笳:蒙古族边棱气鸣乐器。民间又称潮尔、冒顿潮尔。流

行于内蒙古自治区、新疆维吾尔自治区伊犁哈萨克自治州阿勒泰地区。木制三孔胡笳,流传于蒙古族民间,深受普通牧民的喜爱。

⑤清流玉带:雨后夕阳照耀下的河流。

⑥麦箭:小麦等农作物收割后捆扎摆放的形状。

⑦燕子:指在农家筑巢的家燕。

⑧青黛:雨水较好,山塬呈现出的深绿色。

⑨秋岚:秋天雾气和阳光交织的情景。

蝶恋花·咏绿①

2013 年 3 月 11 日

千丛万朵②绽娇媚,迎暖别寒,初春妆先试③。玉洁冰清香细腻④,婀娜全凭叶有意⑤。

一绿清亮花中味,醉北醉南,青翠谁堪比? 侬⑥将春色铺满地,绿叶残红⑦情相寄⑧。

注释:

①咏绿:这是一首描摹春天绿色的新词。

②千丛万朵:指春天百花盛开。

③初春妆先试:春天先有绿色才有姹紫嫣红。

④香细腻:春天细细的青草味儿。

⑤婀娜全凭叶有意:鲜花好看是凭借绿叶的陪衬。

⑥侬:指绿色。

⑦绿叶残红:鲜花凋零了,绿叶仍然生机盎然。

⑧情相寄:绿叶对鲜花的期待。

蝶恋花·春雨

2013 年 3 月 21 日

鹅黄①微微嫩芽小。春雨来时,风送柳丝②绕。枝上无花绿叶少,人间处处萌③新草。

心雨④几点可知道。说到路人⑤,引来友人笑。笑你轻薄话语悄⑥,无意常被有意恼。

注释:

①鹅黄:中国传统色彩名称,指淡黄色,鹅嘴的颜色,高明度微偏红黄色。像小鹅绒毛的颜色。原意指酒,鹅黄酒。宋·苏轼《乘舟过贾收水阁》诗之二:"小舟浮鸭绿,大杓泻鹅黄。"宋·张元干《临江仙·赵端礼重阳后一日置酒坐上赋》词:"判却为花今夜醉,大家且泛鹅黄。"这里指柳树刚发芽。唐·李涉《黄葵花》诗:"此花莫遣俗人看,新染鹅黄色未乾。"宋·周密《齐东野语·张功甫豪

侈》:"别十姬,易服与花而出。大抵簪白花则衣紫,紫花则衣鹅黄。"陈毅《春兴》诗:"沿河柳鹅黄,大地春已归。"

②风送柳丝:轻风吹拂柳丝。

③萌:生长。

④心雨:心里想的事情。

⑤路人:别人。

⑥悄:说的话刻薄。

蝶恋花·问夏

2014 年 7 月 24 日

　　夏夜可知人多久①？三伏②初来，圣地③已非旧④。去年大暑独饮酒，慨叹空镜人消瘦。

　　祖厉⑤新堤⑥植垂柳。草茵花稠，此前可曾有？伫立桥头⑦风满袖，小城锦绣人去⑧后。

注释：

①多久：多长时间。

②三伏：初伏、中伏和末伏的统称，是一年中最热的时节。每年出现在阳历 7 月中旬到 8 月中旬。气候特点是气温高、气压低、湿度大、风速小。"伏"表示阴气受阳气所迫藏伏地下。按我国农历气候规律，前人早有规定：夏至后第三个庚日开始为头伏，即初伏；第四个庚日为中伏，即二伏；立秋后第一个庚日为末伏，即

三伏。"三伏"共三十天或四十天,其中:头伏十天,中伏十天或二十天,末伏十天。

③圣地:会师圣地,即甘肃会宁。1936年10月,红军长征三大主力红军在会宁胜利会师,标志着长征结束。

④旧:以前。

⑤祖厉:会宁县城祖厉河,黄河上游支流,向北流到甘肃省靖远县入黄河。

⑥新堤:祖厉河经过治理以后新修的河堤,水岸风情线。

⑦桥头:会宁祖厉河道上新修的文昌桥。

⑧去:离开。

洞仙歌①·清明②

2014 年 4 月 8 日

雨润风尽,杏花晴③庭院④。价前小园⑤醉人眼。有柳黄几处,一缕寒烟,隐约远,北国春色轻浅。

天涯飘零⑥处,梦里晴芳⑦,沃野千里尽温软。是清明时候,姹紫嫣红,阡陌乱,衰草青山各半。将何取,离人⑧共踏游,莫道料峭寒,阳舒意暖。

注释:

①洞仙歌:原唐教坊曲,后用为词牌。原用以咏洞府神仙。敦煌曲中有此调,但与宋人所作此词体式不同。有中调和长调两体。《乐章集》兼入"中吕"、"仙吕"、"般涉"三调,句读亦参差不一。八十三字,前后片各三仄韵。常以《东坡乐府》之《洞仙歌令》为准。音节舒徐,极驺宕摇曳之致。前片第二句是上一、下四句

法,后片收尾八言句是以一去声字领下七言,紧接又以一去声字领下四言两句作结。前片第二句亦有用上二、下三句法,并于全阕增一、二衬字,句豆平仄略异者。

②清明:二十节气的第五个节气,见 17 页。

③晴:花开呈现出的亮色。

④庭院:农家院落。

⑤小园:农家院子的菜园。

⑥天涯飘零:在外地工作。

⑦晴芳:家乡春天的景象。

⑧离人:清明祭祖的人们。

风入松①·伊人②

2013 年3 月 2 日

伊人春夜盼天明，愁绪瘗花铭③。昨日残雪泞④山路，一汪水⑤，别样心情。酥手拈杯⑥沽酒⑦，红妆临窗啼莺⑧。

翠袖凭栏眸⑨远亭，无意赏新晴⑩。料峭春寒心如索⑪，念柳黄⑫丹凤⑬香凝⑭。惆怅莺莺⑮已到，慨叹天下张生⑯。

注释：

①风入松：词牌名，晋·嵇康琴曲。唐·释皎然有《风入松歌》，又名《风入松慢》《松风吟》。宋·韩滤词有"小楼春映远山横"句，名《远山横》，元·赵沨词名《松风慢》，清·沈谦新番词有"忽忆东头销永夏"句，名《销夏》。双调，七十四字，有平仄两格。平韵格增减字有七十二字、七十三字、七十六字数体。

②伊人：那人。出自《诗经·秦风·蒹葭》："蒹葭苍苍，白露为

霜。所谓伊人,在水一方。 溯洄从之,道阻且长。溯游从之,宛在水中央。"

③瘗花铭:悼念花的文字。瘗,埋葬。《瘗花铭》是南北朝庾信的作品,一般认为现已失传。《红楼梦》中著名的《葬花词》,也受庾信《瘗花铭》的影响。著名红学家蔡义江曾经指出:"《瘗花铭》换一个词就是《葬花吟》,意思差不多。"

④泞:泥泞。

⑤一汪水:明亮的眼眸。

⑥拈杯:轻轻地端着酒杯。

⑦沽酒:从集市上买来的酒;买酒。这里是饮酒的意思。

⑧临窗啼莺:站在窗前听到窗外黄莺的叫声。

⑨眺:遥看。

⑩新晴:春天的景色。

⑪心如索:复杂的心情。

⑫柳黄:杨柳才发芽的颜色。

⑬丹凤:丹凤眼,其型细长,内勾外翘,延伸到太阳穴附近。

⑭香凝:脸色凝重。

⑮莺莺:多指《西厢记》主人公崔莺莺,才貌出众,品德双佳,精丝绣女工,擅琴棋书画。后来泛指追求爱情的女子。

⑯张生:元曲《西厢记》里的人物,名为张珙,西洛人。是礼部尚书之子,父母双亡,家境贫寒。张生与崔莺莺在一个寺里偷情成亲,其故事因元曲《西厢记》而广为流传。后来泛指追求爱情的男子。

浣溪沙^①·清明^②

2010 年 04 月 11 日

追祖溯源^③尘世间,春花秋月知根弦^④。遥寄情思又一年。

感怀^⑤只有杯中酒,细风薄雨香烛^⑥偏。踏遍青山却^⑦无言。

注释:

①浣溪沙:唐代教坊曲,因春秋时期人西施浣纱于若耶溪而得名,后用作词牌名,又名《浣溪纱》《小庭花》等。张泌词,有"露浓香泛小庭花"句,名《小庭花》;韩淲词,有"芍药酴醾满院春"句,名《满院春》;有"东风拂栏露犹寒"句,名《东风寒》;有"一曲西风醉木犀"句,名《醉木犀》;有"霜后黄花菊自开"句,名《霜菊黄》;有"广寒曾折最高枝"句,名《广寒枝》;有"春风初试薄罗衫"

句,名《试香罗》;有"清和风里绿荫初"句,名《清和风》;有"一番春事怨啼鹃"句,名《怨啼鹃》。格式上分平仄两体,字数以四十二字居多,还有四十四字和四十六字两种。最早采用此调的是唐人韩偓,通常以其词为正体,另有四种变体。全词分两片,上片三句全用韵,下片末二句用韵。此调音节明快,为婉约、豪放两派词人所常用。代表作有晏殊的《浣溪沙·一曲新词酒一杯》、苏轼的《浣溪沙·照日深红暖见鱼》、秦观的《浣溪沙·漠漠轻寒上小楼》、辛弃疾的《浣溪沙·常山道中即事》等。

②清明:清明节,中国民间传统节日,是中国重要的"时年八节"(上元、清明、立夏、端午、中元、中秋、冬至、除夕)之一,一般是在公历4月5号前后,节期很长,有10日前8日后及10日前10日后两种说法,这近20天内均属清明节。谈清明节,还需从寒食节说起。寒食节,又称热食节,禁烟节,冷节,它的日期又距冬至108天,也就是距清明节不过一天或两天,这个节日的主要节俗是禁火,不许生火煮食,只能食备好的热食,冷食,故而得名。清明节还源于中国农历二十四节气中的清明节气。冬至后第108天就是清明节气。清明节气共有15天。作为节气的清明,时间在春分之后。这时冬天已去,春意盎然,天气清朗,四野明净,大自然处处显示出勃勃生机。用"清明"称这个时期,是再恰当不过的一个词。中国汉族传统的清明节大约始于周代,距今已有二千五百多年的历史。《历书》:"春分后十五日,斗指丁,为清明,时万物皆洁齐而清明,盖时当气清景明,万物皆显,因此得名。"清明一到,气温升高,正是春耕春种的大好时节,故有"清明前后,种瓜点豆"之说。清明节也是传说中古代帝王将相"墓祭"之礼,后来

民间亦相仿效,于此日祭祖扫墓,历代沿袭而成为中华民族一种固定的风俗和祭祀祖先的节日。1935 年,中华民国政府明定 4 月 5 日为国定假日清明节,也叫作民族扫墓节。2006 年 5 月 20 日,经国务院批准列入第一批国家级非物质文化遗产名录。

③溯源:清明祭祖时追溯家族及姓氏问题。

④根弦:这里比喻家族的来历。

⑤感怀:怀念。

⑥香烛:烛香。

⑦却:竟然。

鹤冲天^①·雨殇

2013 年 8 月 9 日

今年雨水涟涟,荒原一望绿色无际。由此想起连年干旱情景,不能忘怀。居安思危,填新词一首。

黄土之上,老树^②长相望。日暮荒山远,何思量?一年雨轻便^③,十年骄阳狂^④。天燥地沮丧。芸芸众生,愁苦寸断肝肠。

望尽阡陌,支离破碎^⑤景象。可怜牧羊人,无草放^⑥。常思踏青摘翠,梦中事,空欢畅。总是雨离殇。清缺^⑦盛名,古来浅斟低唱^⑧!

注释:

①鹤冲天:词牌名。双调八十四字,仄韵格。 另有词牌《喜迁

莺》《风光好》的别名也叫《鹤冲天》。双调八十四字,前段九句五
仄韵,后段八句五仄韵

②老树:甘肃中部黄土地上常见的树木,因天气干旱,降水稀
少,树木很难长大长高,所以称之为"小老树"。

③雨轻便:雨水多。

④骄阳狂:阳光热度高。指雨水少。

⑤支离破碎:天气干旱,黄土地上植被稀少,沟壑纵横明显。

⑥无草放:无草放牧。放,放牧。

⑦清缺:缺少绿色,意喻干旱。

⑧浅斟低唱:流传广泛。

江城子①·立秋②

2011 年 8 月 18 日

　　骄阳盛夏说丰歉③,总堪怜,损农颜④。牵挂田间,风热更觉寒。经年流转⑤想来年,盼立秋,雨水宽。

　　彩虹七色色成链,云缠绵,绿相伴。青纱帐深,村姑尽嫣然。昨日初见荞花⑥红,闻社戏⑦,大登殿⑧。

注释:

①江城子:唐词单调,始见《花间集》韦庄词,单调三十五字,七句五平韵。或谓调因欧阳炯词中有"如(衬字)西子镜照江城"句而取名,其中江城指的是金陵,即今南京。宋人改为双调,七十字,上下片都是七句五平韵。欧阳炯单调词将结尾两个三字句加一衬字成为七言句,开宋词衬字之法。后蜀尹鹗单调词将起首七言句改作三字两句,开宋词减字、摊破之法。

②立秋:二十四节气中的第十三个节气,在每年七月初一前后(公历8月7-9日之间)。"秋"就是指暑去凉来,意味着秋天的开始。到了立秋,梧桐树开始落叶,因此有"落叶知秋"的成语。从文字角度来看,"秋"字由禾与火字组成,是禾谷成熟的意思。秋季是天气由热转凉,再由凉转寒的过渡性季节,立秋是秋季的第一个节气。《月令七十二候集解》:"七月节,立字解见春(立春)。秋,揪也,物于此而揪敛也。"立秋一般预示着炎热的夏天即将过去,秋天即将来临。立秋后虽然一时暑气难消,还有"秋老虎"的余威,立秋又称交秋,但总的趋势是天气逐渐凉爽。

③丰歉:丰收与歉收。

④农颜:这里指农庄收成。

⑤经年流转:今年已经过去了。

⑥荞花:荞麦花儿,初开为红色,雨水好开花多。

⑦社戏:农村戏台上演的全本戏,西北地区多为秦腔剧,一般在秋收前后居多,视农庄收成情况演出。

⑧大登殿:传统秦腔全本历史剧。全本有《彩楼配》《三击掌》《别窑》《银空山》《武家坡》《算粮》《大登殿》等数折。主要故事情节是:唐丞相王允,生有三女,大女王金钏,嫁苏龙,官居户部;二女王银钏,配魏虎,兵部侍郎;三女王宝钏,未曾婚配,王允在长安城内高搭彩楼,为三女儿宝钏招赘快婿。宝钏到花园焚香祈祷,见园外有一乞丐,仪表不凡,倒卧雪地,询问之后,知其名曰薛平贵。王宝钏慕其才志,心中暗许,赠以银米,嘱他参加选婚盛会。二月二日,宝钏奉旨登楼选婚,她撇开众多公子王孙,却将彩球抛赠薛平贵。王允愤怒,与宝钏断绝关系。宝钏下嫁薛平贵,同

住寒窑。后来薛平贵因降服红鬃烈马有功,唐王大喜,封为后军都督。西凉下来战表,王允参奏,推次女婿魏虎、长女婿苏龙为正、副元帅,将平贵降为"先行",受隶于魏虎麾下,即刻远征。平贵无奈与宝钏告别,留下老米八斗,干柴十担,挥泪而去。出征西凉战中,魏虎与王允合谋,屡找借口,欲斩平贵,经苏龙阻拦,遂加鞭笞,即令会阵。平贵竭力苦战,获得大胜。魏虎又以庆功为名,灌醉平贵,缚马驮至敌营。西凉王爱才,反将代战公主许之。西凉王死,平贵继位为王,驾坐西凉。过了十八年,王宝钏清守寒窑,备尝艰苦。老母亲身探望,并无懈志。一日,平贵思念王宝钏,忽有鸿雁衔书而至。平贵见王宝钏血书,急欲回国探望,暂别公主,偷过"三关",乔装回国。路过武家坡,遇王宝钏。夫妻离别十八年,互不相识,薛平贵问路以试其心,王宝钏逃回寒窑,薛平贵赶至,直告别后经历,夫妻相认。不久,唐王晏驾,王允篡位,兴兵捉拿平贵;代战公主保驾。在代战的帮助下,薛平贵攻陷长安,自立为帝。金殿之上,平贵封赏苏龙、斩除魏虎、赦免王允。封宝钏为正宫娘娘掌管昭阳院、代战公主为西宫娘娘掌管兵权。迎请王母,共庆团圆。

江城子·冬令①

2012 年 11 月 26 日

北风卷地减②柔情,百花尽③,衰草盈。寒山逶迤,瘦水更冷清。伫高凭栏荒径远,忧庶民,盼暖晴。

一夜小雪步履轻,落飞琼,妆玉屏④。城廓参差,萧瑟⑤满离亭。最是冬令断肠处,人⑥依旧,影飘零。

注释:

①冬令:冬天已经开始。

②减:少,没有。

③尽:看不见。

④玉屏:大雪覆盖的山峦。

⑤萧瑟:没有活力,沉闷的感觉。

⑥人:大街上的行人。

江城子·上京①

2013 年 5 月 9 日

　　上京入画遍新晴。长城外,古道宁。燕山②斜阳,夏雨沐远亭。遥看帝都③风雨路,狼烟④净,芳草盈。

　　永定⑤缠绵花飘零。慨朱明⑥,叹清朝⑦。古往今来,空留人去声。天下兴亡多少事,轻黎民,大厦⑧倾⑨。

注释:

　　①上京:这首新词是在北京参加中央国家直属机关党校学习时填写。上京,指北京。

　　②燕山:中国北部著名山脉之一,战略要地。西起白河,东至山海关,北接坝上高原,七老图山、努鲁儿虎山,西南以关沟与太行山相隔。南侧为河北平原,高差大。滦河切断此山,形成峡口——喜峰口,潮河切割形成古北口等,自古为南北交通要道。在

军事中也很有地位，古代与近代战争中，常常是兵家必争之地。东西长约 420 千米，南北最宽处近 200 千米，海拔 600~1500 米，主峰雾灵山，海拔 2116 米。其范围有广义与狭义之分。广义燕山系指坝上高原以南，河北平原以北，白河谷地以东，山海关以西的山地，狭义则指上述范围内窄岭、波罗诺、中关、大仗子一线以南的山地。中直机关党校坐落在燕山脚下。

③帝都：指北京，中国"四大古都"之一，拥有 6 项世界级遗产，是世界上拥有文化遗产项目数最多的城市，是一座有着三千余年建城历史、八百六十余年建都史的历史文化名城，拥有众多历史名胜古迹和人文景观。历史上曾建都的朝代有：蓟、燕、大燕（安禄山）、桀燕（刘仁恭）、辽、金、元、明、清。

④狼烟：指战争。

⑤永定：指永定河，古称㶟水，隋代称桑干河，金代称卢沟，旧名无定河，海河流域七大水系之一，是河北水系的最大河流。流域面积 47016 平方千米，其中山区面积 45063 平方千米，平原面积 1953 平方千米。永定河全长 747 公里，流经内蒙古、山西、河北三省区，北京、天津两个直辖市，共 43 个县市。全流域面积 4.7 万平方公里。永定河是北京地区最大河流，位于北京的西南部，发源于山西省宁武县管涔山，流经内蒙古、河北，经北京转入天津，在天津汇于海河至塘沽注入渤海。唐代诗人李商隐有七言绝句《关门柳》："永定河边一行柳，依依长发故年春。东来西去人情薄，不为清阴减路尘。"诗人借永定河之柳，说人世的情意就如礼尚往来。

⑥朱明：指朱元璋创建的明王朝。明朝从永乐年间，明成祖朱

棣为了便于加强北方边防,保卫北方安全,将都城迁至北京。从那之后,北京成为明朝的新都城。

⑦清朝:指满族统治者建立的大清王朝(1616—1911年)。大清王朝是由满族建立起来的封建王朝,它是中国历史上继元朝之后的第二个由少数民族统治中国的时期,也是中国最后一个封建帝制国家。自此之后,中国脱离了帝制而转入了民主革命时期。女真族是满族的前身,长期居住在今黑龙江一带,以畜牧渔猎为生。明朝后期,在女真族出现了一位出色的领袖爱新觉罗·努尔哈赤,在他的统治下,女真族迅速崛起。公元1616年,努尔哈赤在赫图阿拉建立后金;公元1636年,努尔哈赤之子皇太极在沈阳改国号为清;明崇祯帝十七年(公元1644年)五月攻占北京,四个月后清朝将都城迁至北京。1911年,清朝灭亡。

⑧大厦:指国家政权。

⑨倾:倾倒,意为丧失政权。

江城子·新柳

2013 年 7 月 30 日

　　西城①新柳三伏柔②。意悠悠，一望收。遥想执子③柳湖④渡轻舟。亭台水榭非往事，才相见，影飘流。

　　诗情话意与谁留？心虽忧，志未休。绿堤朦胧烟雨钟鼓楼⑤。扬花点点千载泪⑥，香已尽⑦，满湖愁。

注释：

①西城：会宁县城西城区。

②柔：柔长，指柳树生长茂盛。

③执子：与远道而来的朋友一起。

④柳湖：指会宁西城区柳湖公园。

⑤钟鼓楼：指会宁县城恢复建设的钟鼓楼。

⑥千载泪：对历史的感慨。

⑦香已尽：杨花被湖水淹没，花香也消失了。

江城子·大雪①

2014 年 12 月 7 日

大雪未觉阴风②狂,东山③黄,西岩④苍。祖河厉水⑤,一汇⑥越千冈。为著文章自相守⑦,顶朔风,看冬阳。

不在时令说短长,鬓虽白,发益强。伫立荒原,大梦成汉唐⑧。五年⑨一弦弓已张,寒星亮,射冰霜⑩。

注释:

①大雪:指二十四节气中的大雪。

②阴风:冬天的风,冷风。

③东山:会宁县城东山。

④西岩:会宁县城西山,也称西岩山。

⑤祖河厉水:会宁县城东南两大水系,祖河和厉河。

⑥汇:汇合。祖河和厉河在会宁县城汇合成祖厉河。

⑦相守:坚守。

⑧汉唐:指会宁县城汉唐二十四节气文化休闲商业街。

⑨五年:指填写这首词时,作者在会宁已经五年时间。

⑩冰霜:这里指困难。

江城子·守望

2014 年 12 月 11 日

　　翁妪①守望看秋阳,山路长,影渺茫。老村旧庄②,满目
见苍凉。门前古树向天问,叶飘零,地满霜。

　　游子夜来唤亲娘,暖火炕③,豆面④香。相嘱⑤无言,送
儿去学堂。梦醒⑥已是泪千行,月如水,人断肠。

注释:

①翁妪:老翁老妇的并称。多指老年夫妇。《乐府诗集·横吹曲
辞五·捉搦歌》:"天生男女共一处,但得两个成翁妪。"唐·韩愈
《谴疟鬼》诗:"乘秋作寒热,翁妪所骂讥。"清·纪昀《阅微草堂笔
记·槐西杂志二》:"流转至万全山中,翁妪留治圃。"

②老村旧庄:多年没有变化的农村偏远村庄。

③火炕:农村的火炕,用柴草烧热冬天取暖。

④豆面:杂粮面粉,用各种豆类混合磨成。

⑤相嘱:出门前的叮咛。

⑥梦醒:夜半惊醒。

减字木兰花^①·立夏^②

2013 年 5 月 8 日

建时^③无语,天物始大^④待新雨。君臣朱衣^⑤,蛙鸣^⑥楼台春已稀。

花残红褪,轩窗^⑦梳妆凉渐微^⑧。月夜丁香^⑨,化作远客^⑩诗几行。

注释:

①减字木兰花:唐教坊曲,后用为词牌,简称《减兰》。《张子野词》入"林钟商",《乐章集》入"仙吕调"。双调四十四字,与《木兰花》相比,前后片第一、三句各减三字,改为平仄韵互换格,每片两仄韵,两平韵。又有《偷声木兰花》,入"仙吕调"。五十字,只两片并于第三句各减三字,平仄韵互换,与《减字木兰花》相同。

②立夏:二十四节气的第七个节气,每年农历四月初一前后

（公历 5 月 5-6 日之间）为农历的立夏节气，"斗指东南，维为立夏，万物至此皆长大，故名立夏也。"此时，太阳黄经为 45°，在天文学上，立夏表示即将告别春天，是夏天的开始。人们习惯上都把立夏当作是温度明显升高、炎暑将临、雷雨增多、农作物进入旺季生长的一个重要节气。

③建时：生长的季节。《月令七十二候集解》"立，建始也，夏，假也，物至此时皆假大也。"

④天物始大：春天播种的植物已经直立长大了。

⑤君臣朱衣：据历史记载，周朝时，立夏这天，帝王要率文武百官到京城南郊去迎夏，举行迎夏仪式。君臣一律穿朱色礼服，配朱色玉佩，连马匹、车旗都要朱红色的，以表达对丰收的祈求和美好的愿望。

⑥蛙鸣：《礼记·月令》篇，解释立夏曰："蝼蝈鸣，蚯蚓出，王瓜生，苦菜秀。"说明在这时节，青蛙开始聒噪着夏日的来临，蚯蚓也忙着帮农民们翻松泥土，乡间田埂的野菜也都彼此争相出土日日攀长。立夏时节，当人们在清晨迎着初夏的霞光，漫步于乡村田野时，会从这温和的阳光中感受到大自然的深情。

⑦轩窗：开着窗户。

⑧凉渐微：天气渐热，已经感觉不到凉意了。

⑨丁香：花香已谢，香味已经不在。

⑩远客：客居他乡的人。

锦堂春慢①·古城②春雨

2014 年 4 月 19 日

烟雨婆娑③,薄雾轻纱,一夜尽洗浮华。古城初展妩媚,惊春流霞。秦砖汉瓦④缱绻⑤,风铃⑥吟吟无邪⑦。望飞檐⑧蕴藉⑨,朝迎红日,月影横斜。

醉写洪武楼阁⑩,梦盛唐锦肆⑪,两宋墨奢⑫。千秋万岁⑬一河⑭,淘金流沙。锁定西岩⑮翠色,弹一曲、十面琵琶。留住东山⑯晚照,桃花⑰初绽,满目新槎⑱。

注释:

①锦堂春慢:《锦堂春慢》,词牌名。始见《青箱杂记》所载,司马光作。双调一百○一字,前后片各四平韵。《梅苑》词名《锦堂春》。

②古城:指会宁。

③婆娑(pó suō):盘旋舞动的样子,形容姿态优美。《秦并六国平话》卷上:"但见歌喉清亮,舞态婆娑。"

④秦砖汉瓦:指城墙。

⑤缱绻(qiǎn quǎn):牢结,不离散。形容感情深厚、缠绵。

⑥风铃:佛殿、宝塔等檐下悬挂的铃,风吹时摇动发出声音。

⑦无邪:没有邪恶的想法。用来形容天真、思想纯正、活泼、可爱、善良的年少的人与柔弱、友善年幼的动物。常作成语:"天真无邪"。刘宝楠《正义》中说:"思无邪者,此诗之言。诗之本体,论功颂德,止僻防邪,大抵归于正,于此一句,可以当之也。"因此,后人用"思无邪"形容《诗经》。孔子所谓无邪,就是指思想纯正而不歪邪,符合儒家的政治道德标准。

⑧飞檐:中国传统建筑檐部形式之一,多指屋檐特别是屋角的檐部向上翘起,若飞举之势。常用在亭台楼阁、宫殿、庙宇等建筑的屋顶转角处,四角翘伸,形如飞鸟展翅,轻盈活泼,所以也常被称为飞檐翘角。飞檐为中国建筑民族风格的重要表现之一,通过檐部上的这种特殊处理和创造,不但扩大了采光面、有利于排泄雨水,而且增添了建筑物向上的动感,仿佛是一种气将屋檐向上托举,建筑群中层层叠叠的飞檐更是营造出壮观的气势,展现出中国古建筑特有的飞动轻快的韵味。

⑨蕴藉(yùn jiè):蕴藉就是藏在其内,隐藏不外露的意思,多形容君子气质。也指言语、文字、神情等含蓄而不显露。

⑩洪武楼阁:指会宁西津门城楼,始建于明朝洪武年间。

⑪锦肆:出售锦缎的店铺。常用以比喻文辞华丽。南朝梁沉约《太常卿任昉墓志铭》:"心为学府,辞同锦肆。"唐·杜牧《许七侍

御弃官东归潇洒江南颇闻自适高秋企望题诗寄赠十韵》:"锦肆
开诗轴,青囊结道书。"

⑫墨奢:文化发达。

⑬千秋万岁:千年万年,形容岁月长久。

⑭一河:指黄河上游支流祖厉河。

⑮西岩:指会宁县城西岩山。

⑯东山:指会宁县城东山。

⑰桃花:指会宁县城桃花山。

⑱槎(chá):树木的枝丫。

浪淘沙①·秋色

2010 年 9 月 22 日

好雨润旱塬②,青黛连绵,铁木山③外层林染。一片清澈塘坝④见,绿到天边?

曲指说丰年,全膜百万⑤,谷黄⑥荞红⑦有新篇。不尽⑧秋色今又是,换了人间。

注释:

①浪淘沙:词牌名,唐教坊曲。刘禹锡、白居易并作七言绝句体,五代时始流行长短句双调小令,又名《卖花声》。五十四字,前后片各四平韵,多作激越凄壮之音。《乐章集》名《浪淘沙令》。入"歇指调",前后片首句各少一字。复就本宫调演为长调慢曲,共一百三十四字,分三段,第一、二段各四仄韵,第三段两仄韵,定用入声韵。《清真集》入"商调",韵味转密,句豆亦与《乐章集》多

有不同,共一百三十三字,第一段六仄韵,第二、三段各五仄韵,并叶入声韵。

②旱塬:甘肃陇中黄土高原地区因冲刷形成的高地,四边陡,顶上平,称之为塬。因甘肃中部常年干旱,又称为旱塬。

③铁木山:位于甘肃会宁县城西北70公里的头寨子镇香林村,海拔2404米,是县内最高山峰,景色迷人,交通方便,有"旱塬秀峰"之誉。铁木山亦称香林山,宋代时称铁毛山,后讹称为铁木山。"香林"者,古人以为"山多香木",其实是"漫山草木药材溢香"。"铁木"缘何而名,一说"之将铁木耳死节处";二说"山中林木荫翳,色墨如铁"等,众说纷纭,真伪难辨。红军长征曾两次到达此山。传说600多年前,蒙元将领铁木耳率军转战安定郡(今定西)一带,在安定城北同明军相遇,经过奋战,队伍被冲散,只得分兵数路,向北逃遁。由于大明军队急追,铁木耳穿峡越山,边战边走,最后被围困在一座大山上,铁木耳孤军被困,自刎身亡。后来,明廷为了纪念这位蒙古忠臣良将,便把这山定名为铁木山,并在山上建立庙宇,焚香供奉。

④塘坝:黄土沟壑地区通过筑坝拦截雨水的一种小型蓄水工程。

⑤全膜百万:就是全膜双垄沟播种植,一种科技抗旱种植技术。甘肃干旱少雨、水资源短缺,在多年实践的基础上,农业科技人员和广大农民共同总结推广全膜双垄沟播技术,实现了甘肃旱作农业一场新的革命。全膜双垄沟播技术集覆盖抑蒸、垄沟集雨、垄沟种植技术为一体,实现了保墒蓄墒、就地入渗、雨水富集叠加、保水保肥、增加地表温度,提高肥水利用率的效果。主要技

术特点和环节有:选地整地、施肥、划行起垄、土壤消毒、覆膜、种子准备、适期播种、田间管理,还可以一膜用两年。据了解,会宁县 2010 年种植全膜双垄沟播玉米 100 万亩, 平均亩产达到 980 斤,粮食大丰收,彻底改变了长期缺粮的历史。

⑥谷黄:谷子成熟了。谷子属禾本科的一种植物,古称稷、粟,亦称粱,一年生草本,谷穗一般成熟后呈金黄色,去皮后俗称小米。

⑦荞红:见 48 页"荞花"。

⑧不尽:不同。

浪淘沙·涛声雨声①

2011 年 7 月 9 日

柳堤②薄雨清,小芽又生。面对涛声听雨声。大河③奔流走一叶④,何处飘零?

万物浴泽新,朦胧佳境。雨打芭蕉有宁静。遍寻当时涛中雨,水草青青⑤。

注释:

①涛声雨声:这首新词是在黄河四龙岸边所填写。

②柳堤:黄河岸边大堤上栽植了很多柳树。

③大河:指黄河。

④一叶:一片绿叶,或草或树或花。

⑤水草青青:黄河岸边的芦苇,有半人高。

浪淘沙·清晨

2011 年 7 月 10 日

柳堤笼烟霞,薄雾轻纱。芦苇青青皆入画。不知小径①向何处,池塘②听蛙?

大河出高峡③,落燕平沙④。稻香鱼肥⑤有童话。对岸桃林炊烟起,隐约农家。

注释:

①小径:黄河生态园内的小路。

②池塘:黄河附近鱼塘。

③高峡:黄河乌金峡水电站。

④落燕平沙:河流中央的小岛,泥沙淤积而成。

⑤稻香鱼肥:黄河四龙、北湾等地有靖丰渠自流灌溉,自古以来就是鱼米之乡。

浪淘沙·布谷①

2011年7月10日

昨夜小雨轻,醉了又醒。清晨布谷声声紧。若非仲夏②农事③急,为何催人?

长河④涛声近,柳垂堤新。四面尽是拙政⑤景。身在水岸心在塬,旱象⑥环生。

注释:

①布谷:布谷即大杜鹃,为杜鹃科杜鹃属的一种鸟类,别名郭公、布谷、鸠、喀咕,基本分布于全国,多栖息于山地、丘陵和平原地带的森林中,有时也出现于农田和居民点附近的乔木树上。繁殖期间喜欢鸣叫,常站在乔木顶枝上鸣叫不息。有时晚上也鸣叫或边飞边鸣叫,叫声凄厉洪亮,很远便能听到它"布谷—布谷"的粗犷而单调的声音。布谷之名,来自于它的叫声。

②仲夏:古语中有孟、仲、季指代第一、第二、第三,也有用伯、仲、叔的。所以,仲即为第二的意思,而仲夏就是指夏天的第二个月。一般来说,是指农历五月份。

③农事:有关农业收成的事情均为农事,如有无雨水、气温高低、农田灌溉、田间管理等。

④长河:黄河。

⑤拙政:拙政园,在苏州,中国四大名园之一。

⑥旱象:气候干旱。

浪淘沙·绝尘①

2013 年 8 月 6 日

静夜思绝尘,有佛②无灯③,仗剑扶犁自分明。背负青云④抬望眼,天朗气清。

古刹听钟声,因果⑤深沉,把酒问道⑥修大成⑦。流年陈俗⑧消不尽,浴火⑨重生。

注释:

①绝尘:一种空灵的境界。

②有佛:心中之佛。佛,这里指老百姓。

③灯:光亮。

④青云:青云之志。

⑤因果:事情的来龙去脉。

⑥问道:寻找君子之道。这里指追求人生价值。

⑦大成：指孔子所追求的品德高尚、有情有义、志存高远、善施教化的君子形象。

⑧流年陈俗：奇奇怪怪的事情。

⑨浴火：经受考验。

浪淘沙·秋阳

2013 年8 月 30 日

　　古道眷①秋阳，无限风光，独在绿野度清凉②。四季花木终有别，空留哀伤。

　　唐宋诗百章，小杜③疏狂，怜花惜草尽愁肠。秋叶余香飘何处，人间天堂。

注释：

①眷（juàn）：顾念，爱恋。

②清凉：这里是悠闲的意思。

③小杜：指唐代诗人杜牧（803—约 852 年），字牧之，号樊川居士，汉族，京兆万年（今陕西西安）人。杜牧是唐代杰出的诗人、散文家，是宰相杜佑之孙，杜从郁之子。唐文宗大和二年（828 年）26 岁中进士，授弘文馆校书郎。后赴江西观察使幕，转淮南节度

使幕，又入观察使幕，历任国史馆修撰，膳部、比部、司勋员外郎，黄州、池州、睦州刺史等职，最终官居中书舍人。因晚年居长安南樊川别墅，故后世称"杜樊川"，著有《樊川文集》。杜牧的诗歌以七言绝句著称，内容以咏史抒怀为主，其诗英发俊爽，多切经世之物，在晚唐成就颇高。杜牧人称"小杜"，杜牧以别于杜甫"大杜"。杜牧与李商隐并称"小李杜"。

浪淘沙·竹柳①

2013 年 11 月 10 日

竹柳别秋风,虽冬犹荣。婀娜卓立一枝同②。遍是枯叶飘零处,谁可青葱③?

阡陌几重重,大河④匆匆。慨叹萧瑟万事空⑤。栽得新柳万千株,绿映花红。

注释:

①竹柳:这首新词是看了兰州西固一苗圃后填写。竹柳,柳树的一个种类,为杨柳科柳属植物。乔木,生长潜力大,高度可达20米以上。竹柳是新的柳树杂交品种,用途广泛,是工业原料林、大径材栽培、行道树、园林绿化和农田防护林的理想树种。

②婀娜卓立一枝同:同一棵树上表现出婀娜多姿和高大挺立两种风格。

③青葱:青绿色,意为生长期长。

④大河:指黄河。

⑤万事空:什么事也做不成。

浪淘沙·夏雨

2015 年 5 月 29 日

　　夏雨妆①田园,翠叠②水岸。钟鼓楼③高青山远。黛瓦粉墙④汉唐街⑤,天地变换。

　　祖厉⑥越⑦千年,武帝⑧挥鞭,大汗⑨铁骑踏桃山⑩。又是人间四月天,往事如烟。

注释:

①妆:修饰、打扮。如:化妆、妆饰、妆点。

②翠叠:绿色层层叠叠。

③钟鼓楼:指会宁钟鼓楼。最早建于宋代,可上溯到北宋时期。现存于固原市博物馆的国家一级文物宋代"靖康铁钟","重万斤,洪大高厚,声驰百里",体大量重,造型古朴,被誉为"千古一钟"。此钟铸造于靖康元年(公元 1126 年),距今已经 887 年,原

为秦州甘泉堡（今会宁县翟所乡古西宁城）行香寺古钟，公元1227年西宁州城被元人攻破后，此钟在古城内废弃了284年，到明正德元年（公元1511年），被三边总制张泰运往固原，悬于固原城中心特意为此钟新建的钟楼。明洪武六年（公元1373年），会宁县治迁于今址，嘉靖六年（公元1527年），因宋钟已属固原所有，会宁官民捐资重铸新钟，悬于城北万寿寺，该钟形制材质大小，皆与宋钟相仿，钟文铭记了新旧二钟相承之关系。明清以至民国，"万寿晨钟"一直名列"会宁八景"，是会宁县城著名的人文景观，历代题咏不绝。遗憾的是，该钟毁于1958年。2015年由社会捐资复建。

④黛瓦粉墙：汉唐建筑风格，屋顶为灰黑色，墙体为白色。

⑤汉唐街：指会宁汉唐二十四节气文化休闲商业街。"汉唐"为其建筑风格，"二十四节气"为其文化内涵，"文化休闲商业街"为其功能定位。

⑥祖厉：指会宁境内祖厉河，黄河上游最大的支流。

⑦越：经过。

⑧武帝：指汉武帝。郦道元所撰之《水经注》有这样的记载："汉武帝元鼎三年幸雍，遂逾陇，登空同，临祖厉而还。"意思是：汉武帝在元鼎三年（时维丁卯年，公元前114年）曾到雍（今陕西凤翔县），然后越过陇（今陕西陇县），再登空同山（今平凉崆峒山），一直到祖厉河，然后返回长安。《汉书·武帝记》也有类似的记载："元鼎五年冬十月，行幸雍，祠五田寺。遂逾陇，登空同。西临祖厉河而还。"除了历史记载之外，会宁尚有几处文物古迹可以佐证：桃花山有"汉武上马石"、"大汉拴马桩"，郭城驿的清凉

山有"汉武台",这些古迹也可以间接证明当年汉武帝真的来过会宁地界。

　　⑨大汗:指成吉思汗。会宁县城东约10公里处有古西宁城遗址,又称甘泉堡或连城,宋代建造,现存城墙底宽17.4米,城墙上宽6米。古城平面呈长方形,东、中、西、三城相连,俗称"连城",城墙体系黄土夯筑。全城有三分之一坐落在北部的山坡上,从地貌上可分为"山城"与"川城"两个部分,城墙外有宽约15米的壕堑,面积约37.3万平方米。东西两城的正中开二城门,并有瓮城,痕迹明显。据考证,公元982年,党项贵族内部互相战争,拓跋部首领李继捧率领党项部落投附宋朝,其族弟李继迁(西夏李元昊之祖父)不愿归附,抗宋自立。自此会州(今会宁、靖远)一带成为北宋与党项部落、西夏交战之前沿地,战祸连年不断。天祐民安六年(公元1095年),宋朝宰相张惇对西夏从战略进攻改为战略防守,先后在沿边修建城寨,巩固边防。泾原路经略安抚使章楶为了阻止西夏军队的入侵,奏请朝廷同意后,从崇宁五年(公元1106年)起,用数年时间在今会宁县城东10公里处的两山间修筑了西宁城(时称甘泉堡)。由于此城采用的是由东到西,三城相连的形式,所以西宁城宋时称"三连城"、"西连城",依山傍水,北高南低,城墙坚固,气势宏伟,真正起到了一夫当关,万夫莫开的战略要塞作用。公元1227年3月,成吉思汗率蒙古大军南下夺取西宁州,改西宁州为西宁县。金元帅郭虾蟆坚守孤城3年,终被蒙古军攻破,郭虾蟆自焚。蒙古军旋将会州治所南迁西宁城。《元史》记载:"二十二年丁亥春,帝留兵攻夏主城,自率师渡河,攻积石州。二月,破临洮府。三月,破洮、河、西宁三州(原文为二州)。

夏四月……"可见,成吉思汗的确到过西宁城,还在此驻扎过。由此可见,成吉思汗到过会宁境内。

⑩桃山:会宁城东桃花山,临近西宁城。

临江仙①·冬雪

2012 年 11 月 15 日

　　冬雪一夜入千户，低屋矮房人家。窗纸憔悴②似轻纱。
怜民增怅望③，星月盼朝霞。

　　薄雾清冷莫可怪，又见枝头寒鸦④。薪贵炭稀羞于夸⑤。
但得炉火红，暖阳映窗花。

注释：

　　①临江仙：唐教坊曲，双调小令，用作词牌。又名《谢新恩》《雁
后归》《画屏春》《庭院深深》《采莲回》《想娉婷》《瑞鹤仙令》《鸳鸯
梦》《玉连环》。敦煌曲两首，任二北《敦煌曲校录》定名《临江仙》，
王重民《敦煌曲子词集》作《临江仙》。此词共六十字。至今影响最
大的《临江仙》，是明代才子杨慎所作《廿一史弹词》的第三段《说
秦汉》的开场词，毛宗岗父子评刻《三国演义》时被放在卷首，后

被用于电视剧《三国演义》的片头曲歌词中。

②憔悴:破旧。

③怅望:惆怅而没有办法。

④寒鸦:据《辞海》解释,寒鸦,亦称"慈乌"、"小山老鸹"。鸟纲,鸦科。在我国大多终年留居北部,冬季亦见于华南。元代白朴《天净沙·秋》中描述:"孤村落日残霞,轻烟老树寒鸦,一点飞虹影下,青山绿水,白草红叶黄花。"

⑤羞于夸:说不出口。

临江仙·咏柳

2013 年 3 月 18 日

　　春迟①鹅黄②紧锁,风轻枝条微垂。转眼春分③已过时,斜阳半影④立,细雨无絮飞。

　　记得去年初见,柔丝⑤拂动罗衣。青笛⑥幽幽长相思。枝头紫燕⑦在,曾说春已归。

注释:

①春迟:春天来得晚,天气还未转暖和。

②鹅黄:见 34 页。

③春分:见 20 页。

④半影:一半影子。比喻天气短,阳光弱。

⑤柔丝:柳丝。

⑥青笛:春天柳树枝做成的短笛。

⑦紫燕：燕名，也称越燕、汉燕。宋罗愿《尔雅翼·释鸟三》："越燕，小而多声，颔下紫，巢于门楣上，谓之紫燕，亦谓之汉燕。"明代李时珍《本草纲目》："紫胸，轻小者是越燕。越燕多在堂室中梁上作巢。"古代诗文中多见吟咏。唐·杜甫《柳边》："只道梅花发，那知柳亦新。枝枝总到地，叶叶自开春。紫燕时翻翼，黄鹂不露身。汉南应老尽，霸上远愁人。"唐·顾况《悲歌》："紫燕西飞欲寄书，白云何处逢来客。"明·徐霖《绣襦记·追奠亡辰》："忍看寄垒人家双紫燕，母子自喃喃引数飞。"清·杨林兰《声律发蒙》："说破春愁双紫燕，唤回午梦一黄鸥。"

临江仙·酒禅①

2013 年 7 月 28 日

　　浅饮少酌醒犹醉,梦里依稀品茗②。抬望长夜月未明。微雨禅佛心③,天籁悟道④宁。

　　总在红尘论无有,哪得岁月清清⑤? 云卷云舒瞬时平⑥。离恨到此尽,别愁自飘零。

注释:

①酒禅:这首新词为酒后所填写。禅,思索。

②品茗:饮茶。

③佛心:老百姓的想法。佛,老百姓。

④悟道:生活生存之道。

⑤岁月清清:宁静的生活。

⑥平:平静,清楚。

临江仙·白露①

2013 年 9 月 8 日

　　白露细雨游子醉，故园②梦醒三更。遥闻临家童鸡③鸣。小村入新秋④，处处天籁声。

　　雁来鸟归⑤年年有，总是乡愁萦营⑥。枣红梨黄⑦高堂⑧平。蒹葭⑨冬月逝，伊人⑩秋夜生。

注释：

　　①白露：白露是二十四节气中的第十五个节气。每年八月中（公历 9 月 7 日或 8 日）太阳到达黄经 165 度时为白露。《月令七十二候集解》中说："八月节……阴气渐重，露凝而白也。"天气渐转凉，会在清晨时分发现地面和叶子上有许多露珠，这是因夜晚水汽凝结在上面，故名。古人以四时配五行，秋属金，金色白，故以白形容秋露。进入"白露"之后，在晚上会感到一丝丝的凉意。

俗语云:"处暑十八盆,白露勿露身。"这两句话的意思是说,处暑仍热,每天须用一盆水洗澡,过了十八天,到了白露,就不要赤膊裸体了,以免着凉。还有句俗话:"白露白迷迷,秋分稻秀齐。"意思是说,白露前后若有露,则晚稻将有好收成。

②故园:家乡。

③童鸡:未到打鸣时的小鸡。

④新秋:白露过后,季节才真正进入秋季。

⑤雁来鸟归:比喻季节变换,时光流逝。鸿雁来,鸿大雁小,自北而来南也,不谓南乡,非其居耳。玄鸟归,玄鸟解见春分,此时自南而往北也,燕乃北方之鸟,故曰归。

⑥萦营:围绕;缠绕。《公羊传·庄公二十五年》"以朱丝营社。"

⑦枣红梨黄:农谚说,白露打枣,秋分卸梨。

⑧高堂:父母。

⑨蒹葭:《诗经·蒹葭》"蒹葭苍苍,白露为霜。"蒹葭是一种植物,指芦荻,芦苇。蒹,没有长穗的芦苇。葭,初生的芦苇。"蒹葭冬月逝",是说到了冬天,芦花说没有了。

⑩伊人:《诗经·蒹葭》"所谓伊人,在水一方。"这里指童年时的小伙伴。

临江仙·立冬①

2013 年 11 月 7 日

夏花秋草何处是,四季更替别残。今夜立冬晨露寒。思忖枫叶好,冷暖总相关②。

最是经霜深红后,遍看东岭西山。相见时难别亦难。夕阳多少恨,江流几道弯。

注释：

①立冬:二十四节气的第十九个节气,每年在 11 月 7—8 日之间,即太阳位于黄经 225°。立,建始也,表示冬季自此开始。冬是终了的意思,有农作物收割后要收藏起来的含意,中国又把立冬作为冬季的开始。立冬前后,大部分地区降水显著减少,空气一般渐趋干燥,土壤含水较少。

②相关:关联的事情,经常思考的问题。

临江仙·说禅①

2015 年 5 月 26 日

　　送走佛祖②诞辰日,谁为善恶③浅吟④? 天最晴处常转阴⑤。有酒人半醉,无酒醉更深。

　　比对世情说太史⑥,列传⑦世家⑧何寻? 昨日坎坷今日骎⑨。君子一口气,遗恨千古心⑩。

注释:

　　①禅:禅那,汉译静虑,即于一所缘境系念寂静、正审思虑。人生中的烦恼都是自己找的,当心灵变得博大,空灵无物,犹如倒空了的杯子,便能恬淡安静。人的心灵,若能如莲花与日月,超然平淡,无分别心、取舍心、爱憎心、得失心,便能获得快乐与祥和。水往低处流,云在天上飘,一切都自然和谐地发生,这就是平常心。拥有一颗平常心,人生如行云流水,回归本真,这便是参透人

生,便是禅。宁静的心,质朴无瑕,回归本真,这便是参透人生,便是禅。

②佛祖:佛教创始人释迦牟尼(Sakyamuni)。本名为悉达多,意为"义成就者"(旧译"义成"),姓乔达摩(瞿昙)。因父为释迦族,成道后被尊称为释迦牟尼,意为"释迦族的圣人"。其他称号有佛陀(觉者)、世尊、释尊等。在佛教的流播过程中,浴佛逐渐流行于朝廷和仕宦之间,到了两晋南北朝时期,趋于普及。据《高僧传·佛图澄传》卷十载:"石勒诸稚子,多在佛寺中养之。每至四月八日,勒躬自诣寺灌佛,为儿发愿。"《佛祖统纪》卷三十六宋孝武帝大明六年(462年)条亦称:"四月八日,帝于内殿灌佛斋僧。"另据《宋书·刘敬宣传》卷四十七载:"四月八日,敬宣见众人灌佛,乃下头上金镜以为母灌,因悲泣下自胜。"上述记载表明,这段时期浴佛仪式在我国境内各民族当中均已相当流行了。至元代,著名的《幻住庵清规》和《敕修百丈清规》均定四月八日为释迦诞辰,这样中国佛教才算有了统一的浴佛日期。

③善恶:指善与恶。若再加上无记,则合称为'三性'。一般而言,善指顺理,恶指违理。然于经论中有多种不同说法,依《成唯识论》卷五之意, 能顺益此世、他世之有漏与无漏行法为善;反之,于此世、他世有违损之有漏行法为恶。其善恶之分际,在顺益与违损之差别。且善恶二者皆须贯穿此世与他世, 否则即为无记。如人、天之乐果,于此世虽为顺益,于他世则不为顺益,故非为善,而为无记性。又如恶趣之苦果,于此世虽为违损,于他世则不为违损,故亦非恶,而为无记性。佛教讲究轮回之说,认为人死后,会进入来生,即轮回。依平生所作善恶,会有六个可能的去

处。造恶堕三恶道:地狱、饿鬼、畜生;行善去三善道:天、人、阿修罗。

④浅吟:小声吟咏。这里引申为吟诵佛语和修行。

⑤天最晴处常转阴:这里借指人生的际遇变化。

⑥太史:这里指《史记》作者太史公司马迁。

⑦列传:中国纪传体史书的体裁之一。司马迁撰《史记》时首创,为以后历代纪传体史书所沿用。司马迁《史记》索引:"列传者,谓列叙人臣事迹,令可传于后世。"简而言之,是各方面代表人物的传记,是记载历史上重要人物的一种题材。

⑧世家:《史记》中用以记载侯王世家的一种传记。"世家"之体古已有之,司马迁撰《史记》时以之记王侯诸国之事,著《世家》三十篇;欧阳修撰《新五代史》亦著《列国世家》十篇。因王侯开国,子孙世代承袭,故称世家。

⑨骎(qīn):形如马跑得很快的样子,喻事业进行迅速,如"骎骎日上"。

⑩千古心:意为留下深刻的记忆。

临江仙·成州①有感

2015 年 6 月 23 日

摩崖②一刻千秋颂③,西狭④文脉流芳⑤。杜公祠⑥里凤吟凰⑦。李翕⑧今可在? 嘉陵⑨映夕阳。

世情终随寒烟去,几多风雨沧桑? 春花秋月两茫茫。是非皆往事,今岁麦菽⑩黄。

注释:

①成州:中国古代行政区划名。所辖地域含今甘肃省成县、西和县、礼县、徽县、两当县和康县部分地区。治所在今甘肃省成县境内。成州又名成县,位于甘肃省南部的陇南山区,东北与徽县接壤,西与西和相邻,南以西汉水为界与康县相望,东南与陕西略阳县毗邻。境内多高山峡谷,地势西北高东南低,海拔在 750~

2377米之间。地貌特征南北为山地,中部为丘陵。青泥河及其支流切割形成的各地贯穿其间,属暖温带半湿润气候,四季分明,冷暖适度,年均气温为11.9℃,无霜期212天,年日照时数1795小时,年均降雨量650毫米左右。全县辖13镇9乡,245个村民委员会,1472个合作社,总户数6.25万户,总人口25.95万人。土地总面积1676.54平方公里。其中耕地41.19万亩、林地118.65万亩,天然草场15.5万亩。

②摩崖:把文字直接书刻在山崖石壁上称"摩崖"。如汉碑中之《石门颂》,魏碑中郑道昭之云峰山题诗、题名等。《宣和书谱·正书一》:"遂良(褚遂良)喜作正书,其摩崖碑在西洛龙门。"摩崖石刻也被认为是一种专门镇压风水的符咒。

③颂:这里指《西狭颂》摩崖石刻。位于甘肃省成县县城西13公里处的天井山鱼窍峡中,碑文全称《汉武都太守汉阳阿阳李翕西狭颂》,又称《惠安西表》,民间俗称《李翕颂》《黄龙碑》。颂文主要记载了东汉武都郡太守李翕率众开天井道的历史政迹。摩崖颂碑呈长方形,纵3.06米,横3.75米,由额、图、颂、题名四部分组成。上为篆额"惠安西表"四字,额右下方为《五瑞图》,即黄龙、白鹿、嘉禾、木连理、甘露降及承露人,《五瑞图》是对李翕德政的形象表述和对西狭碑文的生动补充,是了解和研究汉代绘画雕刻艺术的宝贵遗迹。其左是正文,后面是题名。正文分表文和颂词,凡20行,共383字,每字5~6厘米见方,为汉代隶书。《西狭颂》碑文四周有诸多历代文人的镌刻,已成摩崖颂碑不可分割的一部分。可辨认者有14方,以宋代为多,有7方,明代1方,清代4方,民国2方。在西狭沟中,还有耿勋碑等摩崖石刻二十多处。沟口存

有李可染《西峡颂》碑题。碑文内容是:汉武都太守汉阳阿阳李君讳翕,字伯都。天姿明敏,敦诗悦《礼》,膺禄美厚,继世郎吏,幼而宿卫;弱冠典城,有阿郑之化。是以三剖符守,致黄龙、嘉禾、木连、甘露之瑞。动顺经古,先之以博爱,陈之以德义,示之以好恶;不肃而成,不严而治,朝中惟静,威仪抑抑,督邮、部职不出府门,政约令行,强不暴寡,知不诈愚,属县趋教,无对会之事;徼外来庭,面缚二千余人;年谷屡登,仓庚惟亿,百姓有蓄,粟、麦五钱。郡西狭中道,危难阻峻,缘崖俾阁,两山壁立,隆崇造云,下有不测之溪,阰芒促迫,财容车骑。进不能济,息不得驻,数有覆霣隧之害,过者创楚,惴惴其栗。君践其险,若涉渊冰。叹曰:"《诗》所谓'如集于木,如临于谷'。斯其殆哉! 困其事则为设备,今不图之,为患无已。"敕衡官有秩李瑾,掾仇审,因常繇道徒,镌烧破析,刻刍礌嵬,减高就埤,平夷正曲,柙致士石,坚固广大,可以夜涉。四方无雍,行人懽悀,民歌德惠,穆如清风,乃刊斯石。 曰:赫赫明后,柔嘉惟则,克长克君,牧守三国;三国清平,咏歌懿德。瑞降丰稔,民以货稙。威恩并隆,远人宾服。镌山浚渎,路以安直。继禹之迹,亦世赖福。建宁四年六月十三日壬寅造,时府承,右扶风陈仓吕国,字文宝,门下掾,下辨李虔,字子行。故从事议曹掾下辨李旻,字仲齐。故从事,主簿,下辨李遂,字子华。故从事,主簿,上禄石祥,字元祺。五官掾,上禄张亢,字惠叔,故从事,功曹,下辨姜纳,字元嗣。故从事,尉曹史,武都王尼,字孔光。衡官、有秩,下辨李瑾,字汉德。书文,下辨道长,广汉汁邡任诗,字幼起。下辨丞,安定朝那皇甫彦,字子才。《西狭颂》与陕西汉中的《石门颂》、略阳的《郙阁颂》同列为汉代书法"三颂"。碑帖是碑刻的拓片,保留下来的汉代碑刻原石寥寥无几,凤毛麟角,而《西狭颂》就是其中之一,是三大颂碑中保存最完整的一座摩崖刻石。它虽然是隶书成熟时代的作品,但又带有较浓的篆书意味,所以有人说它"结体在篆、隶之间"。但是它用笔本身的撇、点、捺和横画蚕头燕尾等特色,仍然是隶书笔法。它结字高古,庄严雄伟,用笔朴厚,方圆兼备,笔力遒劲。

④西狭:位于甘肃省成县县城西13公里处的天井山鱼窍峡中,绵延两山夹水道,曲径通幽,十湖沉碧,群山叠嶂,峭壁对峙,如墨泼青染,与一路悬于峭壁的绵延栈道构成大自然绝妙美景,十里长峡十湖栈道,风花雪月皆呈异景。

⑤流芳:流传的美好声誉。《三国志·蜀志·郤正传》:"辞穷路单,将反初节,综坟典之流芳,寻孔氏之遗艺。"

⑥杜公祠:即杜甫草堂,又称杜公祠,坐落于甘肃成县县城东南3.5公里处的飞龙峡口,是一组纪念唐代伟大诗人杜甫流寓同谷(即成县)的祠堂式建筑,也是国内现存三十七处"草堂"中历史最久的一处。唐肃宗乾元二年(公元759年)的深秋,安史之乱战火正炽,诗人杜甫从华州弃官西行,经首都长安,到达西北"边郡"秦州(今天水)。农历十月间,他又冒着"天寒霜雪繁",挈妇将雏,为寻找一块没有血与火的"乐土";辗转来到当时的同谷(今成县飞龙峡)。诗人在飞龙峡的西岸选择了一处背青山巨岩,面对峡谷山峰,避见向阳的山坡地,营建了简陋的栖身草堂。在同谷的一月多时间内,诗人"亲自负薪采松,拾橡为生,儿女饿殍者数人"。在严峻的生活考验面前,诗人的创作热情没有丝毫减退,仍像一只啼血的杜鹃,唱出了一支支激情饱满、沉郁顿挫的心

曲。先后创作了《龙门镇》《石龛》《积草岭》《泥功山》《凤凰台》《万丈潭》《乾元中寓居同谷县作歌七首》、《发同谷县》等十几首诗作。记山水、伤乱离、怀亲友、抒情怀,有深沉的悲愁,有爆发的忧愤,有殷切的期望,有热烈的惶惶。尤以《凤凰台》和《同谷七歌》为最,与"三吏"、"三别"争辉。同年冬十一月一日,诗人"忡忡去绝境,杳杳更远适",取道东南由栗亭、木皮岭、自沙渡一线,开始了向"喧然名都会"——成都的艰难跋涉。他不仅给后世留下了金光万丈的诗篇,也给后人树立了做人的楷模。使后来者诵其诗,怀其人,"仰其高风,立祠祀之"。唐懿宗咸通十四年(即公元872年),成州刺史赵鸿在五律《杜甫同谷茅茨》中写道:"工部栖迟后,邻家大半无。青羌迷道路,白社宗杯盂。大雅何人继,全坐此地孤。孤云飞鸟什,空勒旧山隅。"说明当时故居遗迹尚存。宋徽宗宣和五年(公元1123年),"秀才赵惟恭捐地五亩,县令涑水郭慥始立祠。使来者美其山川,而礼其像,忠其文",也就是在杜甫故居的遗址上重修了一座祠堂。乾隆六年的《成县新志》对此也有记载:"子美草堂在飞龙峡口,山带水环,霞飞雾落,清丽可人,唐乾元中子美避难居此,作草亭,有同谷七歌及凤凰台诸诗,后人感其高风,即其址祠祀之。"后来经过宋、明、清、民国年间几次修建和补葺,草堂才逐步美轮美奂,初见规模。现在草堂内还留存有南宋光宗绍熙四年(癸丑)宇文子震刻写的诗碑,明世宗嘉靖九年(庚寅)和十九年(庚子)立的两座诗碑,及明神宗万历四十七年(己未)立的《重修杜少陵祠记》碑石等十多处。如今还能看到的是大门里的一副对联:"一片忠心,微寓歌吟咏叹;千秋诗圣,独追雅颂风骚。"

⑦凤吟凰:即杜甫在同谷时所作《凤凰台》诗:"亭亭凤凰台,北对西康州。西伯今寂寞,凤声亦悠悠。山峻路绝踪,石林气高浮。安得万丈梯,为君上上头。恐有无母雏,饥寒日啾啾。我能剖心出,饮啄慰孤愁。心以当竹实,炯然无外求。血以当醴泉,岂徒比清流。所贵王者瑞,敢辞微命休。坐看彩翮长,举意八极周。自天衔瑞图,飞下十二楼。图以奉至尊,凤以垂鸿猷。再光中兴业,一洗苍生忧。深衷正为此,群盗何淹留。"

⑧李翕(生卒不详):字伯都,出身于官宦家庭,东汉汉阳郡阿阳(今甘肃静宁)人。少年时在皇宫中值宿警卫,20岁时执掌"典城",他"天资明敏,敦诗悦礼。"后来,到渑池担任县令,主持修建了当时有名的险路崤山之道,为渑池通往关中打通了道路。东汉建宁三年(公元170年),李翕出任武都郡太守。到任以后,他了解到本郡西峡道是通往梁州、益州(今四川)的重要通道。但这里地势险绝,行走十分不便。为了打通这条险道,李翕与府丞功曹李昊等人商议定策,修筑这条道路。命令属官仇审修治东坂,李瑾修治西坂。道路修成后,人们作颂刻石,颂其德政,镌刻了摩崖石碑《西狭颂》。建宁四年(公元171年),李翕又主持修建了在今陕西略阳县的"析里桥阁",人们又作了《阁颂》,赞誉此举。建宁五年,阁栈道修通。李翕勤政爱民,每到一个地方,政绩卓著,万民称颂,无论是修建崤山险道,还是建西峡阁和阁道路,既是施工难度极大的工程,又是利益民众的好事,因此赢得了百姓赞叹。明朝人胡缵宗说:"伯都历三郡,考之渑邑、成郡之碑。乃汉之良吏也。"

⑨嘉陵:即嘉陵江,是长江上游的一条支流。发源于秦岭北麓

的宝鸡市凤县。因凤县境内的嘉陵谷而得名。在甘肃省境内，古称西汉水，自陕西凤县入境，流经两当县和徽县，出省境至陕西略阳。

⑩菽（shū）：豆的总称。

柳梢青①·二月二②

2013 年 3 月 13 日

　　荒原晕沙③。大漠深苑④,夕阳西斜。无非寒轻⑤,何来香软⑥,少见梨花。

　　二月初二天涯⑦。梦醒处,几鹊数鸦。闲愁万千,风妆淡粉⑧,春落谁家⑨?

注释:

①柳梢青:词牌名,又名《陇头月》《玉水明沙》《早春怨》《云淡秋空》《雨洗元宵》等。双调四十九字,此调有两体。前后片各三平韵,后片第十二字宜去声。别有一种改用仄声韵。前片三仄韵,后片二仄韵,平仄略异。宋代刘过《柳梢青·送卢梅坡》:"泛菊杯深,吹梅角远,同在京城。聚散匆匆,云边孤雁,水上浮萍。教人怎不伤情?觉几度、魂飞梦惊。后夜相思,尘随马去,月逐舟行。"

②二月二：中国传统风俗中的龙抬头，又被称为"春耕节"、"农事节"、"春龙节"，是汉族民间传统节日。庆祝"龙头节"，以示敬龙祈雨，让老天保佑丰收。

③晕沙：沙尘天气。

④深苑：边远的地方。

⑤寒轻：天气暖和。

⑥香软：天气好，感觉舒适。

⑦天涯：这个时候。这里指时间，节气。

⑧淡粉：沙尘。

⑨春落谁家：春天到哪里去了。

满庭芳①·花影②

2015 年 6 月 10 日

心之畅③兮,将谁与处④? 芳庭⑤花影嵯峨⑥。觞咏⑦夜半,叹墨香⑧无多。欣然⑨玉立⑩倩⑪闺⑫,吟一曲,会师山歌⑬。朦胧月,别梦醒酒,沉醉黄土坡。

奈何⑭?回首去,多少往事,光阴如梭。总是看,红尘光影流波⑮。依依北湖⑯新柳,折一枝,赠与南柯⑰。勿忘我,天荒地老⑱,举⑲范蠡⑳衣蓑。

注释:

①满庭芳:词牌名,又名《锁阳台》《满庭霜》《潇湘夜雨》《话桐乡》《满庭花》等。《清真集》入"中吕调",《太平乐府》注"中吕宫",高拭词注"中吕调"。双调九十五字,前片四平韵,后片五平韵。过片二字,亦有不叶韵连下为五言句者,另有仄韵词,仄韵

者,《乐府雅词》中名《转调满庭芳》。满庭芳因唐吴融"满庭芳草易黄昏"诗句而得名,又一说得名于柳宗元"偶地即安居,满庭芳草积"。

②花影:花的影子。这里是借物喻人,借人喻事。宋代苏轼有咏物诗《花影》,诗人借吟咏花影,抒发了自己想要有所作为,却又无可奈何的心情。《花影》原文:"重重叠叠上瑶台,几度呼童扫不开。刚被太阳收拾去,又叫明月送将来。"用现代诗翻译出来:"亭台上的花影一层又一层,几次叫童儿去打扫,可是花影怎么扫走呢? 傍晚太阳下山时,花影刚刚隐退,可是月亮又升起来了,花影又重重叠叠出现了。"

③畅:宽畅,心里舒畅;酣畅,畅快。

④将谁与处:谁与我在一起。

⑤芳庭:美好的地方。

⑥嵯峨(cuó é):形容盛多。《文选·陆机》:"长风万里举,庆云郁嵯峨。"刘良注:"嵯峨,云盛貌。"唐代韦应物《送苏评事》诗:"嵯峨夏云起,迢递山川永。"

⑦觞咏(shāng yǒng):晋代王羲之《兰亭集序》:"一觞一咏,亦足以畅叙幽情。"后以"觞咏"谓饮酒赋诗。

⑧墨香:这里指书法。

⑨欣然:表情自然,非常愉快,高兴的样子。

⑩玉立:指体态修美。崔皴《授裴谂司封郎中制》:"风仪玉立,器宇川渟。"

⑪倩:含笑的样子。《诗经·卫风·硕人》:"巧笑倩兮。"

⑫闰:动词,通"润",滋润。

⑬会师山歌：会宁民歌，由会宁县教师进修学校教师马克选作词、作曲。《会师山歌》以当年红军三大主力会宁会师的历史背景为题材，以当地民间广为流传的音乐曲调为素材，生动表现了红军会宁会师和广大群众迎接红军的壮观场面，以及会宁人民踊跃参军的热情，是一首极具地方色彩的民歌。

⑭奈何：想什么。

⑮流波：这里是眉目清秀，眼波动人。

⑯北湖：会宁北湖水库。

⑰南柯：意为南面的一棵大树，也就是梦中的"南柯郡"。取自成语"南柯一梦"。原意是指在南面大树下做的一场美梦，后来常比喻世事如梦、富贵易失、一切都是空欢喜。

⑱天荒地老：指经历的时间极为久远。

⑲举：这里借指模仿，仿照。

⑳范蠡(fàn lǐ)：字少伯，华夏族，春秋时期楚国宛地三户邑(今河南淅川县)人。春秋末著名的政治家、军事家、道家和经济学家。被后人尊称为"商圣"，"南阳五圣"之一。虽出身贫贱，但是博学多才，与楚宛令文种相识、相交甚深。因不满当时楚国政治黑暗、非贵族不得入仕而一起投奔越国，辅佐越国勾践。传说他帮助勾践兴越国，灭吴国，一雪会稽之耻。功成名就之后急流勇退，化名姓为鸱夷子皮，西出姑苏，泛一叶扁舟于五湖之中，遨游于七十二峰之间。其间三次经商成巨富，三散家财，自号陶朱公。世人誉之："忠以为国；智以保身；商以致富，成名天下。"后代许多生意人皆供奉他的塑像，称之财神。被视为顺阳范氏之先祖。相传，他化名后，会合从吴宫逃出的西施，悄悄离开胜利之师越

军,泛舟五里湖畔隐居。

满江红^①·天梦

2015 年 6 月 30 日

壮士飘零^②,回首处、白驹^③掠过。抬望眼,彩霞飞射,艳阳摇烁^④。沐雨栉风^⑤伤^⑥坎坷^⑦,吟诗咏赋^⑧惆^⑨寥廓^⑩。叹朝夕^⑪、说岁月蹉跎^⑫,冰与火。

山岳峻,天地阔。星汉灿,东方朔^⑬。看人间变换,万年华婥^⑭。三十而立^⑮成锦绣^⑯,五旬知命^⑰怀^⑱家国。着新墨、书盛世兰亭^⑲,心犹铄^⑳。

注释:

①满江红:满江红,著名中国文学作品之一。相传作者为岳飞,但《满江红》不见于宋人记载。岳飞之孙岳珂编集《金陀萃编》及《经进家集》,遍录岳飞之诗文奏章,此词并未收入。此词最早见于明人著作,有人疑为明人伪作。岳飞(1103—1142),字鹏举,

宋相州汤阴县(今河南安阳汤阴县)人,中国历史上著名军事家、战略家,汉族民族英雄,位列南宋中兴四将之首。传唱最广的是岳飞的《满江红·怒发冲冠》。词中"三十功名尘与土,八千里路云和月"及"莫等闲,白了少年头,空悲切"更是经典。另外,苏轼、辛弃疾等名家的《满江红》词也非常著名。满江红,又名《上江虹》《念良游》《伤春曲》。唐人小说《冥音录》载曲名《上江虹》,后更名《满江红》。宋以来始填此词调。《钦定词谱》以柳永"暮雨初收"词为正格。九十三字,前片四十七字,八句,四仄韵;后片四十六字,十句,五仄韵。用入声韵者居多,格调沉郁激昂,前人用以发抒怀抱,佳作颇多。另有平声格,双调九十三字,前片八句四平韵,后片十句五平韵。

②飘零:漂泊流落。 唐代杜甫《衡州送李大夫七丈赴广州》诗:"王孙丈人行,垂老见飘零。"清代李渔《怜香伴·女校》:"既无父母又未曾出嫁,飘零异国,何以为情? "刘国钧《辛壬之间杂诗》:"故园南望渺鸿鱼,京洛飘零感岁除。"宋代沈端节《念奴娇》:"自笑飘零惊岁晚,欲挂衣冠神武。"当代诗人、学者和文学家阿袁 (即陈忠远)《中国历史博物馆偕观张大千书画回顾展》诗:"关山跋涉楮千幅,瀚海飘零酒一杯。"

③白驹:即过隙白驹,作宾语,形容时间飞快流逝。出自《庄子·知北游》:"人生天地之间,若白驹之过隙,忽然而已。"隙,空隙;白驹,原指白马,后比喻日影。比喻时光像骏马一样在细小的缝隙前飞快地越过。元代马致远《荐福碑》第一折恁兄:"弟一片功名心更速,岂不闻光阴如过隙白驹。"唐代窦常《谒诸葛武侯庙》诗:"人同过隙无留影,石在穷沙尚启行。"宋代姜夔《张平甫

哀挽》诗:"空嗟过隙催人世,赖有提孩读父书。"

④烁(shuò):光亮的样子。如:闪烁,珠烁晶莹。

⑤沐雨栉风(mù yǔ zhì fēng):指风梳发,雨洗头,形容人经常在外面不避风雨地辛苦奔波。出自于《庄子·天下》:"沐甚雨,栉疾风。"来源于"大禹治水"的典故。

⑥伤:伤感,因受外界事物感触而引起悲伤。

⑦坎坷:形容道路凹凸不平。事情不顺利或不称心。比喻不得志。

⑧吟诗咏赋:这里借指所做过的事情或事业。

⑨惆(chóu):惆怅。失意,伤感。

⑩寥廓(liáo kuò):形容词,空旷深远的意思。

⑪朝夕:早晨和晚上。这里指过去和将来。

⑫岁月蹉跎:作宾语;指无所作为地把时间浪费。唐朝时期,诗人李颀四十岁中进士,任新乡县令,后官场不得志就辞官归隐,专门从事诗歌创作,朋友魏万去京城应试求取功名,他作赠别诗《送魏万之京》:"关城曙色催寒近,御苑砧声向晚多。莫见长安行乐(yuè)处,空另岁月易蹉跎。"

⑬东方朔(shuò):天刚亮。朔,开始。这里指事业从头开始。

⑭婥(chuò):指姿态柔美。

⑮三十而立:源于《论语·为政》的成语,意为人到了三十岁就应该去面对一切困难。出自《论语·为政二》:"子曰:吾十有五而志于学,三十而立,四十而不惑,五十而知天命,六十而耳顺,七十而从心所欲不踰矩。"

⑯锦绣:比喻美丽或美好。这里指事业或功业,成就。

⑰五旬知命：即五十成而知天命。这句话诠释的是：五十岁的时候明白自己以前所学的没有辜负上天的期望，明白了上天对自己的安排。这也就是所谓的命授予天。

⑱怀：心里存有；怀藏。心怆恨以伤怀。《楚辞·九章·怀沙》："怀瑾握瑜兮"，意为在衣为怀，在手为握。《战国策·魏策》："怀怒未发。"

⑲兰亭：地名，位于浙江绍兴西南部，是一个古朴典雅的园子。 据历史记载，公元 353 年，即东晋永和九年三月三日，王羲之与友人谢安、孙绰等名流及亲朋共 42 人聚会于兰亭，行修禊之礼，曲水流觞，饮酒赋诗。后来王羲之汇集各人的诗文编成集子，并写了一篇序，这就是著名的《兰亭集序》，兰亭也因此成为书法圣地。

⑳铄（shuò）：形容词，明亮、光明。

木兰花令①·读书

2013 年 11 月 10 日

经史子集②千古传,四书五经③儒家④典⑤。半部论语⑥治天下,孔孟之道⑦是圣贤。

岳麓书院⑧有遗篇,楚才⑨为学⑩志高远。纵论天下兴亡事,学以致用莫轻言。

注释:

①木兰花令:原唐教坊曲名,后用为词牌,《太和正音谱》注"高平调"。按《花间集》载《木兰花》《玉楼春》两调,其七字八句者为《玉楼春》体,《木兰花》则韦词、毛词、魏词共三体,从无与《玉楼春》同者。自《尊前集》误刻以后,宋词相沿,律多混填。柳永《乐章集》入"仙吕调",双调小令。全词共五十六字,七言八句,上、下片各四句三仄韵。

②经史子集:中国古籍按内容区分的四大部类。一些大型的古籍丛书往往囊括四部,并用以命名,如《四库全书》《四部丛刊》《四部备要》等,可见四部分类对古籍的重要意义。经,经书,指儒家经典著作;史,史书,即正史;子,先秦百家著作,宗教;集,文集,即诗词汇编。泛指我国古代典籍。经史子集中,经部收录儒家"十五经"及相关著作;史部收录史书,包括正史类、编年类、纪事本末类、杂史类、别史类、诏令奏议类、传记类、史钞类、载记类、时令类、地理类、职官类、政书类、目录类、史评类等15个大类;子部收录诸子百家著作和类书,包括儒家类、兵家类、法家类、农家类、医家类、天文算法类、术数类、艺术类、谱录类、杂家类、类书类、小说家类、释家类、道家类等14大类;集部收录诗文词总集和专集等,包括楚辞、别集、总集、诗文评、词曲等5个大类。

③四书五经:四书和五经的合称,中国儒家经典书籍的合称。四书指的是《论语》《孟子》《大学》和《中庸》,这些是古代必考的内容;而五经指的是《诗》《书》《礼》《易》《春秋》。《礼》通常包括三礼,即《仪礼》《周礼》《礼记》。《春秋》由于文字过于简略,通常与解释《春秋》的《左传》、《公羊传》、《谷梁传》分别合刊。四书之名始立于宋代,五经之名始称于汉武帝时。

④儒家:崇奉孔子学说的重要学派。崇尚"礼乐"和"仁义",提倡"忠恕"和"中庸"之道。主张"德治"、"仁政",重视伦常关系。

⑤典:精典。

⑥论语:记载孔子及其学生言行的一部著作。孔子(前551年—前479年),名丘,字仲尼,春秋时鲁国陬邑(今山东曲阜)人。儒家学派创始人,中国古代最著名的思想家、政治家、教育家,对

中国思想文化的发展有极其深远的影响。《论语》成书于春秋战国之际,是孔子的学生及其再传学生所记录整理的。《论语》涉及哲学、政治、经济、教育、文艺等诸多方面,内容非常丰富,是儒学最主要的经典。在表达上,《论语》语言精练而形象生动,是语录体散文的典范。在编排上,《论语》没有严格的编纂体例,每一条就是一章,集章为篇,篇章之间并无紧密联系,只是大致归类,并有重复章节出现。到汉代时,有《鲁论语》(20篇)、《齐论语》(22篇)、《古文论语》(21篇)三种《论语》版本流传。东汉末年,郑玄以《鲁论语》为底本,参考《齐论语》和《古文论语》编校成一个新的本子,并加以注释。郑玄的注本流传后,《齐论语》和《古文论语》便逐渐亡佚了。以后各代注释《论语》的版本主要有:三国时魏国何晏《论语集解》,南北朝梁代皇侃《论语义疏》,宋代邢晏《论语注疏》,朱熹《论语集注》,清代刘宝楠《论语正义》等。宋代赵普有"半部论语治天下"之说,可见论语的贡献很大。

⑦孔孟之道:指以孔子、孟子为代表的儒家思想和理论体系。孔子主张"仁者爱人",崇尚"周礼";孟子在政治上主张"仁政"。

⑧岳麓书院:位于湖南省长沙市湘江西岸的岳麓山风景区,是中国古代著名四大书院之一。北宋开宝九年(976年),潭州太守朱洞在僧人办学的基础上,正式创立岳麓书院。嗣后,历经宋、元、明、清各代,至清末光绪二十九年(1903年)改为湖南高等学堂,尔后相继改为湖南高等师范学校、湖南工业专门学校,1926年正式定名为湖南大学。历经千年,弦歌不绝,故世称"千年学府"。

⑨楚才:湖南学子。岳麓书院有对联:"为楚有才,于斯为

盛"。楚,湖南古为楚地。

⑩为学:做学问,求学。

南歌子^①·古城冬韵^②

2011 年 11 月 30 日

祖河^③弯弯画,厉水^④淡淡匀。何年挽手^⑤织罗裙?玉带襟岸^⑥,墨香文气淳^⑦。

东岭^⑧迎紫微,桃峰^⑨接天门。西山^⑩红叶觅白云。一钩清月,瑞雪时黄昏。

注释:

①南歌子:唐教坊曲名,有单调双调之分。单调者,始自温庭筠词。词有"恨春宵"句,名《春宵曲》。张泌词,本此添字,因词有"高卷水晶帘额"句,名《水晶帘》。又有"惊破碧窗残梦"句,名《碧窗梦》。郑子聃有《我爱沂阳好》词十首,更名《十爱词》。双调者有平韵仄韵两体。平韵者,始自毛熙震词,周邦彦、杨无咎、僧挥五十四字体,无名氏五十三字体,俱本此添字。仄韵者,始自《乐府

雅词》,惟石孝友词最为谐婉。周邦彦词,名《南柯子》。程垓词,名《望秦川》。田不伐词,有"帘风不动蝶交飞"句,名《风蝶令》。

②冬韵:这首新词描摹的是会宁冬天黄昏的情景。韵,景致。

③祖河:发源于会宁东部。

④厉水:即厉河,发源于会宁南部。

⑤挽手:这里指祖河和厉河在会宁县城汇合。

⑥玉带襟岸:祖厉河从会宁县城穿城而过,恰似一条玉带,护卫两岸,增加了灵气。襟,屏障。

⑦淳:浓郁而深厚。

⑧东岭:会宁县城东山。

⑨桃峰:会宁县城南桃花山。

⑩西山:会宁县城西岩山。

南歌子·薄雨①

2012 年 5 月 26 日

　　夜阑②水映月，晨早雾凝霜。昨日薄雨复斜阳，塬头深处，柠条③数枝黄。

　　苗青非是梦，谷壮每自长。寻得露珠度清凉，何处归思，江南窄雨巷④。

注释：

①薄雨：这首新词描摹的是会宁初夏一场小雨之后的情景。

②夜阑：深夜。

③柠条：灌木，又叫毛条、白柠条，为豆科锦鸡儿属落叶大灌木饲用植物，根系极为发达，主根入土深，株高为 40~70 厘米，最高可达 2 米左右。适生长于海拔 900~1300 米的阳坡、半阳坡。耐旱、耐寒、耐高温，是干旱草原、荒漠草原地带的旱生灌丛。属于

优良固沙和绿化荒山植物,良好的饲草饲料。根、花、种子均可入药,为滋阴养血、通经、镇静等剂。

④雨巷:《雨巷》是戴望舒的成名作,约作于政治风云激荡的1927年夏天。《雨巷》中狭窄阴沉的雨巷,在雨巷中徘徊的独行者,以及那个像丁香一样结着愁怨的姑娘,都是象征性的意象。有人把这些意象解读为反映当时黑暗的社会的缩影,或者是在革命中失败的人和朦胧的、时有时无的希望。这些意象又共同构成了一种象征性的意境,含蓄地暗示出作者既迷惘感伤又有期待的情怀,并给人一种朦胧而又幽深的美感。这里表达的是对雨水的迷茫与期盼。

南柯子①·清明②

2012 年 4 月 3 日

初春青山远，晨起风带沙。魂归阡陌③几年华？又是清明时候，向天涯④。

孤坟收残月，荒草散烟霞。路人谁见旧日花⑤？何处樊川⑥诗酒⑦，牧童家⑧。

注释：

①南柯子：唐教坊曲名。又名《春宵曲》《十爱词》《南歌子》《水晶帘》《风蝶令》《宴齐山》《梧南柯》《望秦川》《碧窗梦》等。后用为词牌。有单调、双调，单调者始于温庭筠词，因词有"恨春宵"句，名《春宵曲》。张泌词本此添字，因词有"高卷水晶帘额"句，名《水晶帘》，又有"惊破碧窗残梦"句，名《碧窗梦》。郑子聃有"我爱沂阳好词"十首，更名《十爱词》。双调者有平韵仄韵两体。平韵者始自毛熙震词，周邦彦、杨无咎、僧挥五十四字体，无名氏五十

三字体,俱本此添字。仄韵者始《乐府雅词》,唯石孝友词最为谐婉,周邦彦词名《南柯子》,程垓词名《望秦川》,田不伐词有"帘风不动蝶交飞"句,名《风蝶令》。

②清明:见 17 页。

③魂归阡陌:荒野中的先人。

④向天涯:面对大自然的思索。

⑤旧日花:年代久远的事物。

⑥樊川:指唐代诗人杜牧,见 74 页。

⑦诗酒:指杜牧的《清明》诗。

⑧牧童家:借词喻义,指农家。

南歌子·清影^①

2015 年 6 月 22 日

　　菁菁^②犹^③未绽^④,盈盈^⑤有半晴^⑥。温馨^⑦如玉好^⑧娉婷^⑨。月上柳梢^⑩那得、落^⑪寒汀^⑫。

　　天性^⑬倾^⑭人意,韶华^⑮正妙龄。风花雪月^⑯叹空名。在水一方^⑰终是、飘浮萍^⑱。

注释:

①清影:清丽的影子。

②菁菁(jīng jīng):形容草木繁茂;也指女子之名。菁,泛指盛开的花。

③犹:仍然,还(hái)。

④绽:开裂、开放。特指花果。北周·庾信《杏花》:"春色方盈野,枝枝绽翠英"。

⑤盈盈：形容举止、仪态美好，如盈盈顾盼。宋代辛弃疾《青玉案·元夕》："笑语盈盈暗香去。"

⑥晴：天空中无云或云很少。如：晴朗。这里指笑脸。

⑦温馨：温柔甜美；温暖馨香。唐代韩愈《芍药歌》："温馨熟美鲜香起，似笑无言习君子。"

⑧好：用在形容词、动词前，表示程度深，并带感叹语气。

⑨娉婷：形容女子姿态美好的样子。

⑩月上柳梢：这里借指一个美好的夜晚。"月上柳梢头"出自北宋文学家欧阳修的《生查子》"月上柳梢头，人约黄昏后"。作者描绘了一个"明月皎皎，垂柳依依，富于诗情画意"的环境，含蓄地表达出一对彼此倾心的恋人，在黄昏相约时唯美而伤感的情感。

⑪落（luò）：停留，留下。

⑫寒汀：清寒冷落的小洲。唐代骆宾王《在江南赠宋五之问》诗："秋江无绿芷，寒汀有白苹。"汀（tīng），水边平地。

⑬天性：一个人出生就具有的秉性，具有一个外界难以改变的却可以引导善恶的趋向，亦称本性。这里是纯真自然的特性。

⑭倾：倾心敬奉，倾心向往。

⑮韶华：美好的时光。唐代戴叔伦《暮春感怀》诗："东皇去后韶华尽，老圃寒香别有秋。"

⑯风花雪月：原指古典文学作品里描写自然景物的四种对象，后来比喻堆砌辞藻、内容空泛的诗文。

⑰在水一方：出自《诗经·蒹葭》："蒹葭苍苍，白露为霜。所谓伊人，在水一方。溯洄从之，道阻且长。溯游从之，宛在水中央。"

原诗描写所思念的人儿远在彼方，由于受阻，总是可望而不可即，表达了对伊人的深刻的思念。"在水一方"，并不一定实指具体的方位与地点，它只是隔绝不通的一种象征，目的在于能够写出主人公心之所存与目之所望的一致。

⑱浮萍：浮萍生来无根，随水漂流，常比喻人的漂泊不定。宋代文天祥《过零丁洋》："山河破碎风飘絮，身世浮沉雨打萍。"

南歌子·尘世

2015 年 6 月 26 日

瑟瑟①红尘乱②,芸芸③生众庚④。东西南北⑤醉华灯。攘往熙来⑥,此去总相逢。

非是清高好,何堪病⑦怨⑧声。渔舟秋月⑨觅秦筝⑩。五柳⑪绝尘,雾里看花蘅⑫。

注释:

①瑟瑟(sè sè):形容风声或其他轻微的声音。如,秋风瑟瑟。唐代诗人白居易《琵琶行(并序)》:"浔阳江头夜送客,枫叶荻花秋瑟瑟。"

②乱:动词,败坏;破坏。《礼记·礼运》:"坏法乱纪。"《孟子·滕文公上》:"是乱天下也。"

③芸芸(yún yún):形容众多。如,芸芸众生。

④庚(gēng)：动词，变更，更换；通"更"。宋代邹登龙《送表兄赵奏院赴南外知宗》："丙枕或思前夜席，庚邮宁肯后锋车。"

⑤东西南北：这里指大千世界。

⑥攘往熙来：形容人来人往，喧闹纷杂。西汉司马迁《史记·货殖列传》："天下熙熙，皆为利来；天下攘攘，皆为利往。"

⑦病：天下之病。

⑧怨：天下之怨。

⑨渔舟秋月：指中国古筝名曲《渔舟唱晚》《汉宫秋月》。《渔舟唱晚》是传统的古筝独奏曲，曲名取自唐代诗人王勃（649—676年）《滕王阁序》"渔舟唱晚，响穷彭蠡之滨"，形象地表现了古代的江南水乡在夕阳西下的晚景中，渔舟纷纷归航，江面歌声四起的动人画面。《汉宫秋月》主要表达的是古代宫女哀怨悲愁的情绪及一种无可奈何、寂寥清冷的生命意境。

⑩秦筝：即筝，又称古筝，古老的汉族弹拨乐器。筝的拨奏在民间广大地区的流传中，融合地方民间音乐，形成有不同音乐风格和演奏技法的地方流派，深深地根植于中国民间音乐文化，流传至今已有两千多年的历史，故被俗称为"古筝"。古筝音域宽广，音色清亮，表现力丰富，一直深受大众喜爱。筝在汉、晋以前设十二弦，后增至十三弦、十五弦、十六弦及二十一弦。古筝名曲有：《渔舟唱晚》《高山流水》《寒鸦戏水》《汉宫秋月》《蕉窗夜雨》等。

⑪五柳：即《五柳先生传》，这里也指陶渊明。《五柳先生传》是东晋田园派创始人陶渊明的代表作之一，是陶渊明自传散文。在文中表明其三大志趣，一是读书，二是饮酒，三是写文章，塑造了

一个真实的自我,表现了卓然不群的高尚品格,透露出强烈的人格个性之美。

⑫蘅(héng):古书上说的一种香草。

念奴娇①·西安怀古②

2011 年 12 月 25 日

　　帝都③远去,烟霾④尽,放眼关中⑤风物。秦皇汉武⑥谁还是?满目前朝古壁。灞桥⑦惊空,渭水⑧拍岸,曾经消凌⑨雪。鼓楼⑩入画,王侯将相豪杰。

　　遥想长安⑪当年,文景大治⑫,兰桂瑞枝⑬发。贞观盛世⑭通四海⑮,匈奴⑯何曾湮灭。霓裳羽衣⑰长恨一歌⑱,马嵬别华发⑲。往事如梦,写尽曲江⑳岁月。

注释:

　　①念奴娇:原为唐天宝年间著名歌妓名,调名本此。此调有仄二体。《词谱》以苏轼"凭空跳远"词为仄体正格。一百字。前片四十九字;后片五十一字,各十句四仄韵。此令宜于抒写豪迈感情。东坡赤壁词,句读与各家词微有出入,是变格。另有平韵格,以陈

允平词为正体,用者较少。念奴娇又名《大江东去》《酹江月》《杏花天》《赤壁谣》《壶中天》《大江西上曲》《百字令》等十多个名称。《碧鸡漫志》云:"大石调,又转入道调宫,又转入高宫。"大石调,姜夔词注"双调",元代高拭词注"大石调,又大吕调"。苏轼赤壁怀古词,有"大江东去","一尊还酹江月"句,因名《大江东去》,又名《酹江月》,又名《赤壁词》,又名《酹月》。曾觌词名《壶中天慢》。戴复古词有"大江西上"句,名《大江西上曲》。姚述尧词有"太平无事,欢娱时节"句,名《太平欢》。韩淲词有"年年眉寿,坐对南枝"句,名《寿南枝》,又名《古梅曲》。姜夔词名《湘月》,自注"即《念奴娇》《鬲指声》"。张辑词有"柳花淮甸春冷"句,名《淮甸春》。米友仁词名《白雪词》。张翥词名《百字令》,又名《百字谣》。丘长春词名《无俗念》。游文仲词名《千秋岁》。《翰墨全书》词名《庆长春》,又名《杏花天》。

②西安怀古:这首新词是在西安考察学习时所填写。

③帝都:指西安曾经建都十三朝的往事。西安历史悠久,是中国历史上建都朝代最多、时间最长的都城,有着7000多年文明史、3100多年建城史和1100年多的建都史,与雅典、罗马、开罗并称世界四大文明古都,是中华文明和中华民族重要发祥地,丝绸之路的起点。

④烟霾:指战争的烽烟。

⑤关中:即渭河平原,又称关中平原或渭河盆地,系地堑式构造平原。位于陕西省中部,介于秦岭和渭北北山之间。西起宝鸡,东至潼关,海拔约325~800米,东西长约300公里,面积约3.4万平方公里。因在函谷关和大散关之间(一说在函谷关、大散关、武

关和萧关之间),古代称"关中"。春秋战国时为秦国故地,包括西安、宝鸡、咸阳、渭南、铜川五市及杨凌区。东西长 300 公里,平均海拔约 500 米,西窄东宽,号称"八百里秦川"。渭河平原是断层陷落区即地堑,后经渭河及其支流泾河、洛河等冲积而成。这里自古灌溉发达,盛产小麦、棉花等,是我国重要的商品粮产区。渭河平原位于陕西省中部,是陕西最富足的地方,也是中国最早被称为"金城千里,天府之国"的地方。从战略地位来讲,关中地区四面都有天然地形屏障,易守难攻,从战国时起就有"四塞之国"的说法,所以汉代张良用"金城千里"来概括关中的优势劝说刘邦定都关中。战国时期,苏秦向秦惠王陈说"连横"之计,就称颂关中"田肥美,民殷富,战车万乘,奋击百贸,沃野千里,蓄积多饶",并说"此所谓天府,天下之雄国也",这比成都平原获得"天府之国"的称谓早了半个多世纪。这是因为关中从战国郑国渠修好以后,就成了物产丰富、帝王建都的风水宝地。

⑥秦皇汉武:指秦始皇和汉武帝,都曾建都于关中的咸阳、西安。

⑦灞桥:位于西安市城东,是一座颇有影响的古桥。春秋时期,秦穆公称霸西戎,将滋水改为灞水,并修"灞桥"。王莽地皇三年(22 年),灞桥水灾,王莽认为不是吉兆,便将桥名改为长存桥。以后在宋、明、清期间曾先后几次废毁,到清乾隆四十六年(1781 年),陕西巡抚毕沅重建桥,但桥已非过去规模。直到清道光十四年(1834 年)巡抚杨公恢才按旧制又加建造。桥长 380 米,宽 7 米,旁设石栏,桥下有 72 孔,每孔跨度为 4 米至 7 米不等,桥柱408 个。1949 年后为加固灞桥,对桥进行了扩建。灞桥在唐朝时设

有驿站,凡送别亲人与好友东去,多在这里分手,有的还折柳相赠,因此,此桥也曾叫作"销魂桥",流传着"年年伤别,灞桥风雪"的词句。"灞桥风雪"从此成了长安胜景之一。唐朝诗人李商隐《灞桥》诗云:"山东今岁点行频,几处冤魂哭虏尘。灞水桥边倚华表,平时二月有东巡。"

⑧渭水:一般指渭河,古称渭水,是黄河的最大支流。发源于今甘肃省定西市渭源县鸟鼠山,主要流经今甘肃天水、陕西省关中平原的宝鸡、咸阳、西安、渭南等地,至渭南市潼关县汇入黄河。渭河南有东西走向的秦岭横亘,北有六盘山屏障。渭河流域可分为东西二部,西为黄土丘陵沟壑区,东为关中平原区。

⑨凌:冰,冰凌。

⑩鼓楼:指西安鼓楼。

⑪长安:意为"长治久安",现今西安城的旧称,是我国七大古都之首,外国人称之为胡姆丹。其地点由于历史原因有过迁徙,但大致都位于现在关中平原的西安和咸阳附近。先后有 17 个朝代及政权建都于长安,总计建都时间逾 1200 年。在这些朝代中,曾经建都长安的汉朝与唐朝都是中国历史上强盛的时代,长安作为中国历史上建都朝代最多和影响力最大的都城,被列为中国四大古都之首。

⑫文景大治:指西汉汉文帝、汉景帝统治时期的文景之治。汉初,社会经济衰弱,朝廷推崇黄老治术,采取"轻徭薄赋"、"与民休息"的政策。文帝二年和十二年分别两次"除田租税之半",文帝十三年,还全免田租。同时,对周边敌对国家也不轻易出兵,维持和平,以免耗损国力。这就是轻徭薄赋的政策。文帝生活十分

节俭,官室内衣服没有增添,衣不曳地,车类也没有添,帷帐不施文绣,更下诏禁止郡国贡献奇珍异物。因此,国家的开支有所节制,贵族官僚不敢奢侈无度,从而减轻了人民的负担。这就是休养生息的政策。文帝、景帝还重视农业,曾多次下令劝课农桑,根据户口比例设置三老、孝悌、力田若干人员,并给予他们赏赐,以鼓励农民生产。奖励努力耕作的农民,劝解百官关心农桑。每年春耕时,他们亲自下地耕作,给百姓做榜样。文景时期,重视"以德化民",当时社会比较安定,使百姓富裕起来。到景帝后期时,国家的粮仓丰满起来了,府库里的大量铜钱多年不用,以至于穿钱的绳子烂了,散钱多得无法计算了。随着生产日渐得到恢复并且迅速发展,出现了多年未有的稳定富裕的景象。人民的生活水平得到了很大程度的提升,同时汉朝的物质基础大大增强,是封建社会的第一个盛世。文景之治是中国历史上的经济文化发展水平最高的盛世,为后来汉武帝征伐匈奴奠定了坚实的物质基础。

⑬兰桂瑞枝:枝繁叶茂,比喻经济社会繁荣的景象。

⑭贞观盛世:指贞观之治,是唐太宗在位期间出现的清明政治。唐太宗继承唐高祖李渊制定的尊祖崇道国策,并进一步将其发扬光大,运用道家思想治国平天下,取得天下大治的理想局面。其间唐太宗能任人廉能,知人善用;广开言路,尊重生命,自我克制,虚心纳谏,重用魏征等谏臣;采取了一些以农为本,厉行节约,休养生息,文教复兴,完善科举制度等政策,使得社会出现了安定的局面;大力平定外患,并尊重边族风俗,稳固边疆。"贞观"为唐太宗李世民年号,出自《易·系辞下》:"天地之道,贞观者

也。"贞,正,常;观,示,即以正道示人。唐太宗是中国历史上的一代英主,其治绩一直为后世所传颂。唐太宗即位后,因亲眼看见大隋的兴亡,所以常用隋炀帝作为反面教材,来警诫自己及下属。他像荀子一样,把人民和君主的关系比作水与舟,认识到"水能载舟,亦能覆舟"。因此留心吏治,选贤任能,从谏如流。他唯才是举,不计出身,不问恩怨。在文臣武将之中,魏徵当过道士,原系太子李建成旧臣,曾议请谋杀太宗;尉迟恭做过铁匠,又是降将,但都受到重用。太宗鼓励臣下直谏,魏徵前后谏事二百余件,直陈其过,太宗多克己接纳,或择善而从。魏徵死后,太宗伤心地说:"夫以铜为镜,可以正衣冠;以古为镜,可以知兴替;以人为镜,可以明得失。魏征逝,朕亡一镜矣。"唐太宗在经济上特别关注农业生产,实行均田制与租庸调制,"去奢省费,轻徭薄赋",使人民衣食有余,安居乐业。在文化方面,则大力奖励学术,组织文士大修诸经正义和史籍;在长安设国子监,鼓励四方君长遣子弟到此留学。此外,太宗又屡次对外用兵,经略四方,平东突厥、定薛延陀、征高句丽、联姻吐蕃、和高昌,使唐之国威远播四方。唐太宗则被西北诸国尊为"天可汗",成为当时东方世界的国际盟主。总之,在唐太宗执政的贞观年间(627—649年),出现了一个政治清明、经济繁荣、社会安定、武功兴盛的治世,史称"贞观之治"。

⑮通四海:指唐朝开通和形成的丝绸之路。

⑯匈奴:历史悠久的北方游牧民族,祖居在欧亚大陆的西伯利亚地区。中国古籍中的匈奴是秦汉时称雄中原以北的强大游牧民族,公元前215年被逐出黄河河套地区,历经东汉时分裂,南

匈奴进入中原内附，北匈奴则西迁进入欧洲，对欧洲罗马帝国等中世纪历史产生了深远而巨大的影响，中间经历了约三百年。匈奴影响了当时的中国和欧亚大陆的历史进程，《史记》《汉书》和欧洲的中世纪史书均留有些记载。东汉三国时期的鲜卑、柔然、丁零、高车，隋唐时期的突厥均为匈奴后裔。

⑰霓裳羽衣：以云霓为裳，以羽毛做衣。形容女子美丽的装束，也用来代称一种乐曲和舞蹈。唐朝时期，唐玄宗中秋节在皇宫与方士罗公远欣赏月景，方士取出拐杖抛向天空，顿时化作巍峨华丽的广寒宫。他们立即进入广寒宫，见仙女们翩翩起舞，伴着幽雅的仙乐。唐玄宗暗中记下乐曲回来后让乐师作成《霓裳羽衣》。

⑱长恨一歌：指唐代诗人白居易的长篇叙事诗《长恨歌》及其故事。全诗形象地叙述了唐玄宗与杨贵妃的爱情悲剧。诗人借历史人物和传说，创造了一个回旋宛转的动人故事，并通过塑造的艺术形象再现了现实生活的真实，感染了千百年来的读者，诗的主题是"长恨"。该诗对后世诸多文学作品产生了深远的影响。

⑲马嵬别华发：指马嵬坡事变。天宝十四年（755年）十一月，安禄山以诛奸相杨国忠为借口，突然在范阳起兵，惊破了唐明皇与杨贵妃的美梦。转瞬之间，洛阳失陷，潼关失守。盛唐天子唐玄宗携爱妃杨玉环，仓皇逃离京师长安。刚到马嵬坡时，六军不发。禁军将领陈玄礼等对杨氏兄妹专权不满，杀死杨国忠父子之后，认为"贼本尚在"，遂请求处死杨贵妃，以免后患。唐玄宗无奈，只得与杨贵妃诀别，杨"遂缢死于佛堂"。唐代诗人郑畋《马嵬坡》诗云："肃宗回马杨妃死，云雨难忘日月新。终是圣明天子事，景阳

宫井又何人。"

⑳曲江：位于西安城区东南部，为唐代著名的曲江皇家园林所在地，境内有曲江池、大雁塔、大唐芙蓉园、寒窑、秦二世陵、唐城墙等风景名胜古迹及历史遗存。

菩萨蛮①·古城正月

2012 年 1 月 30 日

　　大红灯笼七色树②,谁舞彩练妆古城③? 雪静烟花轻,
月弦爆竹盛。

　　小巷桃符新,大街灯火丰。今夜北风缓,遥听是秦声④。

注释:

　　①菩萨蛮:本唐教坊曲,后用为词牌。亦作《菩萨鬘》,又名《子
夜歌》《重叠金》等。唐宣宗大中年间,女蛮国派遣使者进贡,她们
身上披挂着珠宝,头上戴着金冠,梳着高高的发髻,让人感觉宛
如菩萨,当时教坊就因此制成《菩萨蛮曲》,后来《菩萨蛮》成了词
牌名。另有《菩萨蛮引》《菩萨蛮慢》。《菩萨蛮》也是曲牌名,属北
曲正宫,字句格律与词牌前半阕同,用在套曲中。此调用韵两句
一换,凡四易韵,平仄递转,以繁音促节表现深沉而起伏的情感,

历来名作最多。

②七色树:挂满彩灯的树木。

③古城:指甘肃会宁县城。

④秦声:秦腔戏曲的声音。

菩萨蛮·初八夜

2012 年 1 月 30 日

正月初八年未尽,红色小城①春意发。祖厉②冰映月,桃峰③雪绒花。

龙腾④文星街⑤,凤舞⑥砚台⑦家。仰望会师塔⑧,天光⑨耀中华。

注释:

①红色小城:指甘肃会宁县城。

②祖厉:指流经会宁县城的祖厉河。

③桃峰:指会宁县城南的桃花山。

④龙腾:社火中的舞龙表演。

⑤文星街:会宁县城街道名,在县城南关。

⑥凤舞:社火表演中的旱船,一般为女演员。

⑦砚台:即会宁县城砚台路,在县城北关。

⑧会师塔:会宁人民为了弘扬红军精神纪念红军第一、二、四方面军会师 50 周年,于 1986 年修建,现已成为甘肃省会宁县地标性建筑。会师塔高达 28.78 米。共 11 层的纪念塔,象征长征途中总共经历了 11 个月。塔的整体为三塔环抱,前九层分开,最后两层合在一起。象征着"九九归真,三军统一"。正面雕刻着邓小平题写的"中国工农红军第一、二、四方面军会师纪念塔"18 个大字。塔内悬有甘肃楹联学会会长安维翰撰写的对联:"会一二四方面红军,忆井冈举旗,遵义筹策,大渡桥横,金沙水拍,过草地,爬雪山,除腐恶,斩荆棘,长征途中三军明良遇,将相和,肝胆相照,风云际会;宁千万亿倒悬黔首,顾祖厉激浪,香林放彩,关川穗硕,青江风徐,去郭城,穿韩砭,越沟岔,翻坡寨,枝杨镇上全民箪壶迎,袍泽与,诗文传捷,酒看犒师。"会师塔是三军胜利会师的象征。

⑨天光:景观射灯的光。这里寓意为胜利之光、自然之光。

菩萨蛮·慈母

2012 年6 月 10 日

寒窗十年风兼雨,慈母骄阳①为谁苦?起耕②五更③天,星高月下弦。

夜寒忧被薄,泪随灯花落。路遥城市④远,相见总觉难。

注释:

①骄阳:烈日炎炎。

②起耕:起身下地干农活。

③五更(jīng):后半夜,天快亮的时候。

④城市:这里指孩子上中学的县城。

菩萨蛮·晚秋①

2012 年10 月 20 日

风劲雨歇②未觉早,草衰叶黄夕阳好。菊花已知寒,更有落红残③。

满目何处是? 独在川塬④醉。荒径野火⑤烧,眉间愁云消。

注释:

①晚秋:这是一首描摹秋末景象的新词。

②风劲雨歇:秋风强劲,秋雨已经很少了。

③落红残:凋零的百花。

④独在川塬:心里想的是山川和塬地。

⑤荒径野火:在山塬小路上看到天空的晚霞如燃烧的野火一样。

菩萨蛮·元宵

2013年2月25日

年年元宵年年转①,昨夜风劲烟花远②。大道似水流,往事如清秋。

寂静天上索③,繁杂④人间火⑤。九尽⑥无寒鸦,春始日易斜⑦。

注释:

①转:看灯。

②烟花远:烟花在高空。

③索:兴味索然。

④繁杂:世事纷繁。

⑤人间火:人世间的景象。

⑥九尽:数九寒天,就是从冬至算起,每九天算一"九",一直

数到"九九"八十一天,"九尽桃花开",天气就暖和了。《九九消寒歌》:"一九二九不出手,三九四九冰上走,五九六九看杨柳,七九河开,八九雁来,九九加一九,耕牛遍地走。"

⑦斜:音(xiá)。

菩萨蛮·清明

2015 年4 月 5 日

总在清明话①离别②,最思十五团圆月。初见柳上丝③,又是春来时。

思念梦中得,阴阳④两世隔。往事⑤动心潮,离恨⑥何曾消。

注释:

①话:闲谈,回忆。

②离别:这里指亲人离开人世时的事情。

③柳上丝:刚展开的柳树叶子。

④阴阳:指阳间和阴间。

⑤往事:旧事。

⑥离恨:遗憾,愧疚。

菩萨蛮·无题

2015年6月19日

　　楼台①对出②烟雨里,城垛③连岸④临水起。十里有农家⑤,庭院几枝花。

　　最忆乡间路,一来二复去。但见紫燕⑥飞,不知何时归?

注释:

①楼台:指钟鼓楼。

②对出:相对而立。

③城垛:城墙。

④连岸:比喻城墙很长。

⑤农家:这里指农家乐。

⑥紫燕:夏天田园的燕子。

破阵子①·为高考学子壮行

2015 年 5 月 30 日

　　冬日映雪三更,夏夜星月如灯②。十年寒窗挥手③去,六月上阵④万籁⑤声,考场大点兵。

　　下笔如神⑥飞快,胸有成竹⑦无惊。了却天下父母心⑧,考出圣地⑨学子名。浴火又重生⑩!

注释:

①破阵子:唐教坊曲,一名《十拍子》。陈旸《乐书》:"唐《破阵乐》属龟兹部,唐太宗李世民为秦王时所制,舞用二千人,皆画衣甲,执旗旆。外藩镇春衣犒军设乐,亦舞此曲,兼马军引入场,尤壮观也。"按《秦王破阵乐》为唐开国时之大型武舞曲,震惊一世。玄奘往印度取经时,一国王曾询及之,见所著《大唐西域记》。此双调小令,当是截取舞曲中之一段为之,犹可想见激壮声容。六十

二字,上下片皆三平韵。典范词作有:南宋·辛弃疾《破阵子·醉里挑灯看剑》《掷地刘郎玉斗》,五代·李煜《破阵子·四十年来家国》,北宋·晏殊《破阵子·燕子来时新社》《燕子来时新社》等。

②冬日映雪三更,夏夜星月如灯:借用成语"囊萤映雪"。囊萤,晋代车胤小时家贫,夏天以练囊装萤火虫照明读书;映雪,晋代孙康冬天常利用雪的反光读书。指家境贫穷,勤学苦读。

③挥手:这里借指时间过得很快。

④六月上阵:指六月高考。

⑤万籁:自然界万物发出的响声;一切声音。这里是万籁俱寂的意思。考场上万籁此俱寂,但余落笔声。

⑥下笔如神:指写起文章来,文思奔涌,如有神力。形容文思敏捷,善于写文章或文章写得很好。

⑦胸有成竹:比喻熟练有把握。"胸有成竹"和"心中有数"都是"心中已有打算"的意思。但"胸有成竹"偏重于事前对问题已有全面的考虑和解决办法,或者因心中有了主意而办事神态镇定、沉着;"心中有数"偏重于对客观情况已有所了解,十分有把握。

⑧天下父母心:即"可怜天下父母心",出自慈禧的诗。慈禧母亲七十大寿的时候,慈禧没有时间去参加母亲的大寿,就让侍臣给母亲送了很多的寿礼,同时,亲笔写了一幅书法,裱好后送去了。慈禧写给母亲的是一首诗:"世间爹妈情最真,泪血溶入儿女身。殚竭心力终为子,可怜天下父母心!"慈禧"可怜天下父母心"诗中的"可"是值得、应该的意思;"怜"是珍惜、赞叹的意思。诗人表示天下父母的仁爱之心值得赞叹!"可怜天下父母心"还可以

理解为：天下父母无怨无悔地为子女付出、担忧着急的苦心不能被子女理解，甚至会被误会而令人同情和叹惜。

⑨圣地：即红军长征三大主力会师圣地甘肃省会宁县。

⑩浴火又重生：意为"凤凰涅槃，浴火重生。"在传说当中，凤凰是人世间幸福的使者，每五百年，它就要背负着积累于在人间的所有痛苦和恩怨情仇，投身于熊熊烈火中自焚，以生命和美丽的终结换取人世的祥和与幸福。同样在肉体经受了巨大的痛苦和轮回后它们才能得以重生。垂死的凤凰投入火中，在火中浴火重生，其羽更丰，其音更清，其神更髓，成为美丽辉煌永生的火凤凰。此典故寓意不畏痛苦、义无反顾、不断追求、提升自我的执着精神。这段故事以及它的比喻意义，在佛经中，凤凰涅槃又被称为"涅槃"。用在本词，指高考之后，学子们就进入了人生一个新的境界。

鹊桥仙①·秋思②

2010 年 9 月 20 日

金风③送爽,鸿雁④传信,雪域高原飞渡⑤。小别还盼快相逢,有情人天下无数。

月映流水,人入甜梦,不再鹊桥⑥归路。但凡秋思正浓时,更在意朝朝暮暮。

注释:

①鹊桥仙:词牌名,又名《鹊桥仙令》《金风玉露相逢曲》《广寒秋》,双调五十六字,前后阕各两仄韵,一韵到底。前后阕首两句要求对仗。宋代词人苏轼的《鹊桥仙·七夕》:"缑山仙子,高清云渺,不学痴牛騃女。凤箫声断月明中,举手谢时人欲去。客槎曾犯,银河波浪,尚带天风海雨。相逢一醉是前缘,风雨散、飘然何处。"

②秋思：这是一首叙写思念亲人的新词。

③金风：秋风。意为好消息。

④鸿雁：大型水禽，主要栖息于开阔平原和平原草地上的湖泊、水塘、河流、沼泽及其附近地区。以各种草本植物的叶、芽为食，包括陆生植物和水生植物、芦苇、藻类等植物性食物，也吃少量甲壳类和软体动物等动物性食物。性喜结群，常成群活动，特别是迁徙季节，常集成数十、数百，甚至上千只的大群。分布于中国、西伯利亚南部、中亚，从鄂毕河、托博尔河往东，一直到鄂霍次克海岸、堪察加半岛和库页岛；越冬在朝鲜半岛和日本。"鸿雁传书"是中国古老的民间传说，因为鸿雁属定期迁徙的候鸟，信守时间，成群聚集，组织性强。古人当时的通信手段较落后，渴望能够通过这种"仁义礼智信"俱备的候鸟传递书信，沟通信息。史载，汉武帝时出使匈奴的苏武被反复无常的单于扣留达 19 年之久。昭帝即位后，了解到实情，让新派出的汉使对单于说："汉朝天子猎到一只北来的大雁，雁腿上系着一封信，写着苏武正在北海（今贝加尔湖）牧羊。"单于见道破天机，无法隐瞒，遂放苏武归汉。"鸿雁传书"一词即由此而来。

⑤飞渡：渡过、传过，这里指很快到达。

⑥鹊桥：传说，牛郎和织女被银河隔开，只允许每年的农历七月七日相见。为了让牛郎和织女能顺利相会。各地的喜鹊就会飞过来用身体紧贴着搭成一座桥，此桥就叫作鹊桥。牛郎和织女便在这鹊桥上相会。这里意为定期相见。

沁园春①·古道名城②

2011 年 8 月 1 日

北控③黄河,东望长安,西去金城④。赞秦皇巡游⑤,汉武置郡⑥;太宗诏令⑦,大汗伐征⑧。元抚题联⑨,左公植柳⑩,九世班禅⑪佛法正。会三军⑫,聚华夏英才,名红地圣⑬。

洪武孔庙⑭学⑮生,逢嘉庆⑯枝阳书院⑰成。叹砚台⑱夏雨,文昌⑲秋月⑳诗歌东山㉑,词颂桃峰㉒。忠孝读耕㉓,进士㉔遗风,数万学子㉕共传承。俱往矣,惟会宁有才,于斯为盛㉖。

注释:

①沁园春:常见词牌名,创始于初唐。调名源于汉朝窦宪倚势变相强夺沁水公主田园之典故。《万氏词律》云:"《沁园春》是古调,作者极盛,其名最显。"沁园春以苏轼词为正格,双调 114 字。亦名《寿星明》。据万树《词律》卷十九所录,还有另一体,即 115 字

者。另有《花发沁园春》与此调无涉。

②古道名城:据《会宁县志》记载,会宁在历史上被誉为"古道名城"。

③北控:会宁地控三边,向北经靖远过黄河,向东经平凉去西安,向西直达兰州。

④金城:甘肃省会兰州古称金城。

⑤秦皇巡游:公元前 220 年,秦始皇巡视陇西、北地二郡,自陇西郡临洮,经榆中、定西到达会宁,又从会宁、静宁经北地郡庆阳,返回咸阳。

⑥汉武置郡:公元前 114 年,汉武帝新置安定郡,祖厉县是其属县之一,这是会宁建县有历史记载的开始。

⑦太宗诏令:公元 634 年,因会州盛产粮食,仓储殷实,唐太宗诏令改会州为粟州。同年,又改为会州。

⑧大汗伐征:公元 1227 年,成吉思汗率师伐金,渡黄河,越六盘山,到达会宁。

⑨元抚题联:林则徐,字元抚。公元 1842 年,曾任两广总督的林则徐被朝廷发配新疆,途经会宁,居留多日,所题"气往铄古辞来切今,声和彼纸光影盈字"一联,现存会宁县博物馆。

⑩左公植柳:左公,即陕甘总督左宗棠。公元 1871 年 8 月,左宗棠途经会宁。左宗棠任陕甘总督期间,兵士在会宁境内栽植柳树千余株,史称"左公柳",至今尚有遗存。

⑪九世班禅:公元 1924 年 9 月,九世班禅额尔德尼·曲吉尼玛赴北京途经会宁,并居留。

⑫会三军:1936 年 10 月,中国工农红军一、二、四方面军在

甘肃会宁一带会师,长征胜利结束,会宁也由此成为这一震撼世界史实的重要历史见证。

⑬名红地圣:甘肃会宁是中国工农红军三大主力长征胜利会师的革命圣地,全国著名的红色旅游名城。

⑭洪武孔庙:明洪武六年(公元1373年),会宁建孔庙。

⑮学:即学宫。明洪武六年(公元1373年),会宁设学宫,诞生了境内最早的官设教育机构。

⑯嘉庆:清朝嘉庆皇帝年号。

⑰枝阳书院:清嘉庆十六年(公元1811年),会宁创建枝阳书院。清光绪三十一年(公元1905年),枝阳书院改名为会宁高等小学堂。

⑱砚台:砚台巷,在今会宁县城教场。另有砚台路,在会宁县城北关。

⑲文昌:文昌路,在今会宁一中经北关至祖厉河西岸。

⑳秋月:会宁城乡民居常用的中堂对联:"春风夏雨秋夜月,唐诗晋字汉文章。"

㉑东山:即会宁县城东山,历代文人多有诗词歌之。

㉒桃峰:即会宁县城桃花山,历代文人多有辞章颂之。

㉓忠孝读耕:会宁城乡民居常用的中堂对联:"一等人忠臣孝子,两件事读书耕田。"

㉔进士:据史料记载,明清两代,会宁考中文武进士24名,文武举人115名,生员贡生396名。明洪武十八年(公元1385年),甘肃考中进士3名,会宁曹铭就是其中之一;清光绪三十年(公元1904年)最后一次科举考试,甘肃考中进士8名,其中有会宁举

子苏源泉、万宝成等；清光绪三十二年（公元 1906 年），甘肃选送第一批赴日留学生 5 名，其中会宁学生万宝成、杨思名列其中。

㉕数万学子：公元 1977 年恢复高考制度以来，会宁已考取大学生 7 万多名，其中博士 1000 多人，硕士 6000 多人。

㉖于斯为盛：岳麓书院有对联"惟楚有才，于斯为盛"。这里借联誉会宁人才辈出。

沁园春·大雪①

2013 年 12 月 7 日

　　草木经秋②,季季离去③,未知尽头。看江山无限,雨润霜染;空灵剔透④,处处风流⑤。雪舞晴天,魂归大地,渗入泥土方自由。问冬阳,有映雪秋叶,萧瑟依旧。

　　风卷百草堪忧,望雪霁⑥英雄何言愁。说青春少年,花繁叶茂;蓬勃朝气,纵论醉酒。晨读太史⑦,夜诵红楼⑧,通鉴⑨列传⑩评王侯。曾记得,恋芦花流水⑪,岁月情仇⑫。

注释:

①大雪:二十四节气的第二十一个节气,通常在每年的 12 月 7 或 8 日,其时视太阳到达黄经 255 度。《月令七十二候集解》说:"至此而雪盛也。"大雪的意思是天气更冷,降雪的可能性比小雪时更大了,并不指降雪量一定很大。相反,大雪后各地降水量均

进一步减少,东北、华北地区 12 月平均降水量一般只有几毫米,西北地区则不到 1 毫米;雪的大小按降雪量分类时,大雪一般降雪量为 5~10 毫米。

②经秋:必须经过的衰草季节。

③离去:告别。

④空灵剔透:一种清新明亮的感觉。

⑤风流:美好的景象。

⑥雪霁:本义是雨止。《说文》:"霁,雨止也。"引申为雨雪停止,天放晴。

⑦太史:这里指太师公司马迁所著的《史记》。司马迁在《史记》中的自称为太史令,西汉武帝时期设立的官职名称。司马迁继任父职为太史令,写出了"史家之绝唱,无韵之《离骚》"的《史记》。

⑧红楼:即《红楼梦》。

⑨通鉴:指《资治通鉴》,简称《通鉴》,是北宋司马光主编的一部多卷本编年体史书,共 294 卷,三百万字,耗时 19 年。记载的历史由周威烈王二十三年(公元前 403 年)三家分晋(战国时代)写起,一直到五代的后周世宗显德六年(公元 959 年)征淮南,时跨 16 个朝代,包括秦、汉、晋、隋、唐统一王朝和战国七雄、魏蜀吴三国、五胡十六国、南北朝、五代十国等等其他政权,共 1362 年的详细历史。它是中国第一部编年体通史,在中国史书中有极重要的地位。

⑩列传:司马迁《史记》中的体例。

⑪芦花流水:已经逝去的时间。

⑫岁月情仇:过去的恩恩怨怨。

沁园春·精准扶贫①

2015 年 11 月 15 日

　　锦绣江山,大地飞歌②,炫动③九天。看陇原④上下,党⑤发号令⑥,扶贫解困,合力攻坚⑦。精准识别⑧,建档立卡⑨,柴米油盐谁细谈⑩? 说千万⑪是心心相印⑫,血脉⑬相连。

　　流年往事如烟,建小康⑭沧海变桑田⑮。有羊肠小路⑯,化为大道⑰;土坯房老⑱早已昨天。玉米层叠,番茄闪烁,绿满山川羊满圈。须今日,沐金风玉露⑲,换了人间⑳。

　　新韵,平为一二声,仄为三四声,中为可平可仄。

　　中仄平平,仄仄平平,仄仄仄平(韵)。仄『中平中仄,中平中仄,中平中仄,中仄平平(韵)』。中仄平平,中平中仄,中仄平平中仄平(韵)。平平仄,仄中平中仄,中仄平平(韵)。

　　平平(增韵)中仄平平(韵),仄中仄平平中仄平(韵)。仄『中平中仄,中平中仄,中平中仄,中仄平平(韵)』。中仄平平,中平中仄,中仄平平中仄平(韵)。平平仄,仄中平中仄,中仄平平(韵)。

注释：

①精准扶贫:针对不同贫困区域环境、不同贫困农户状况,运用科学有效程序对扶贫对象实施精准识别、精准帮扶、精准管理的扶贫方式。

②大地飞歌:祖国大地歌颂发展的乐章。

③炫动:明亮闪烁的样子。

④陇原:指甘肃。陇,甘肃简称。

⑤党:指党中央、国务院。

⑥号令:关于精准扶贫、脱贫攻坚的号召。

⑦攻坚:扶贫工作已到了攻坚拔寨的阶段。

⑧精准识别:就是扶贫工作在识别要做到对象、目标、内容、方式、考评、保障等"六个精准"。

⑨建档立卡:对贫困户经过识别后,做到户有卡、村有册、乡镇有薄、县有档案、市有信息平台。

⑩谁细谈:指帮扶工作队员到老百姓家里了解情况,制定帮扶计划和措施。谁,指工作队员和各级干部。

⑪说千万:是说千道万。

⑫心心相印:干部群众相互理解、心意相通。

⑬血脉:指党群、干群关系。

⑭小康:指小康目标。

⑮沧海变桑田:比喻发生了重大变化。

⑯羊肠小路：指农村道路。

⑰大道：指硬化和铺柏油后的农村道路。

⑱土坯房老：指贫困户的危旧房。

⑲金风玉露：借指党的政策。

⑳换了人间：比喻面貌发生改变。

青玉案①·冬夜

2011 年 11 月 24 日

暗夜寒彻②鹊桥路，怎忍心匆忙去③。独对窗弦何以度？品茗浅酌④，红叶诗话，最是宁静处。

从来无心伤迟暮，笑谈冰雪寻佳句。儿女情长存几许。他日憔悴⑤，但余热泪，化作纷纷雨⑥。

注释：

①青玉案：词牌名，取于东汉张衡《四愁诗》"美人赠我锦绣段，何以报之青玉案"一诗。又名《横塘路》《西湖路》，双调六十七字，前后阕各五仄韵，上去通押。辛弃疾、贺铸、黄公绍、李清照等人都写过青玉案。

②寒彻：出奇的寒冷。

③去：离开。

④浅酌：独自饮茶。这时是思索。

⑤憔悴：专有名词，指的是瘦弱无力脸色难看的样子。这里是年老的意思。

⑥纷纷雨：落雨纷纷。这里是眷念。

青玉案·娇儿^①

2014 年 4 月 24 日

　　娇儿初成参天树,更赢得,花如雨^②。陇原长安锦绣路^③,天籁婉动,音韵流转,潇洒青春舞。

　　冰雪^④映映金一缕,光艳灿灿追梦^⑤去。十年寒窗曾几度,何须回首,阳光总在,踏歌前行^⑥处。

注释:

①娇儿:指女儿。

②花如雨:指硕士毕业音乐会的鲜花。

③锦绣路:求学的道路。

④冰雪:冰雪聪明。

⑤追梦:追求自己的理想。

⑥踏歌前行:不断追求上进。

青玉案·春字①

2015 年 5 月 24 日

柳岸烟笼②青石路③,花层次④,春将去。丁香簇簇⑤香已度。凭栏回首,残红⑥初尽,不知归去处。

来也匆匆时已暮,终是归途长短句⑦,为谁牵挂愁几许? 醉倚斜枕,宁宁静静,零落⑧轩窗⑨雨。

注释:

①春字:写给春天的话。

②柳岸烟笼:柳黄如烟,笼罩了河岸。

③青石路:河岸边的青石板人行道。

④层次:层层叠叠,高低有致。

⑤簇簇:一丛丛,一堆堆。唐代白居易《开元寺东池早春》诗:"池水暖温暾,水清波潋灩。簇簇青泥中,新蒲叶如剑"。

⑥残红:残花。

⑦长短句:这里指词。

⑧零落:稀疏,稀稀落落。

⑨轩窗:亦作"轩窓"。窗户。唐代孟浩然《同王九题就师山房》诗:"轩窗避炎暑,翰墨动新文。"唐代李商隐《利州江潭作》诗:"河伯轩窓通贝阙,水宫帷箔卷水绡。"一本作"轩窗"。宋代陆游《游锦屏山谒少陵祠堂》诗:"城中飞阁连危亭,处处轩窗临锦屏"。

青玉案·京居

2015 年 7 月 10 日

护城①通惠②牵一线③，雨中见、东楼④燕。京⑤冀⑥烟云⑦谁与伴。只身犹在，国家书院⑧，思忖长春⑨畔。

合欢⑩小径藏怀间，水润菁花⑪泪痕满。西府海棠⑫萱草⑬岸⑭，紫微⑮窈窕⑯，金兰⑰舒展，银杏⑱冲天⑲冠⑳。

注释：

①护城：北京老城区南护城河。

②通惠：北京通惠河。元代挖建的漕运河道，由郭守敬主持修建。至元二十九年（公元 1292 年）开工，至元三十年（公元 1293 年）完工，元世祖将此河命名为通惠河。通惠河不仅是北京的一条经济命脉，而且也是京城著名的风景游览区，通惠河主要位于通州区和朝阳区。

③牵一线:连接在一起。

④东楼:北京老城墙留下的东便门,常年有燕子盘旋。

⑤京:京城。

⑥冀:河北。

⑦烟云:这里借指沧桑的历史。

⑧国家书院:这里指国家行政学院。

⑨长春:指国家行政学院附近的长春桥。

⑩合欢:指合欢树和合欢果花。

⑪菁花:芜菁花,为十字花科植物芜菁的花,二年生草本植物。原产欧洲,我国各地均有栽培。唐代大文学家韩愈有"黄黄芜菁花,桃李事亦毕"的诗句。

⑫西府海棠:蔷薇科苹果属的植物,小乔木,高 2.5~5 米,树枝直立性强,为中国的特有植物。西府海棠在北方干燥地带生长良好,是绿化工程中较受欢迎的产品。在中国果品名称中,海棠的品种极为复杂,尚待研究统一。在植物分类中,暂以西府海棠一名概括之,不再分列为多种,以免引起混乱。海棠的主要栽培品种有河北怀来的"八棱海棠",昌黎的"平顶热花红""冷花红",陕西的"果红""果黄",云南的"海棠"和"青刺海棠"。2009 年 4 月 24 日被选为陕西宝鸡的市花。因宝鸡古有西府一称,西府海棠由此而来。

⑬萱草:属多年生宿根草本植物。别名众多,有"金针""黄花菜""忘忧草""宜男草""疗愁""鹿箭"等名。萱草类花卉虽原主产中国,但长期以来改良不多。20 世纪 30 年代以后,美国一些植物园、园艺爱好者收集中、日等国所产萱草属植物,进行杂交育种,

现品种已达万种以上,成为重要的观赏及切花花卉,也是百合科花卉中品种最多的一类。同时,萱草也是中国的母亲花。

⑭岸:岸帻。这里指萱草生长的无拘无束。

⑮紫薇:别名紫金花、紫兰花、百日红等,属落叶灌木或小乔木,树姿优美,树干光滑洁净,花色艳丽;开花时正当夏秋少花季节,花期长,故有"百日红"之称,又有"盛夏绿遮眼,此花红满堂"的赞语。

⑯窈窕:指心灵仪表兼美的女子样子。

⑰金兰:指金粟兰,一种名贵的兰花,又名珠兰、鱼子兰、茶兰,属金粟兰科,金粟兰属,是多年生常绿草本或半灌木花卉。形状直立或稍伏地,高 30~60 厘米。叶对生,倒卵状椭圆形,边缘有钝齿,齿尖有一腺体;叶面光滑、浓绿,稍呈泡状皱起。穗状花序顶生,成圆锥花序式排列。花小,两性,无花被,黄绿色,有浓郁的兰花香味。花期 8~10 月份。生长海拔 150~990 米,主要分布于中国云南、福建等地。花和根状茎可提取芳香油,鲜花极香,常用于熏茶叶。全株入药,治风湿疼痛、跌打损伤,根状茎捣烂可治疗疮。有毒,用时宜慎。金粟兰花金黄色,枝叶青翠,香似兰花,宜盆栽。花的根状茎可提取芳香油,鲜花极香,掺入茶叶,称珠三茶,全株可入药。金粟兰茎丛生,呈灌木装,叶对生,既能很好地覆盖地面,又能自成一完整的珠丛。树茎柔软,空间伸展方向丰富多样,而且叶片先端钝,基部楔形,呈倒卵形,表面光滑,叶缘有锯齿。另外,珠兰的枝、叶均呈绿色,很有观赏价值。

⑱银杏:银杏树,属落叶乔木。银杏出现在几亿年前,是第四纪冰川运动后遗留下来的裸子植物中最古老的孑遗植物,现存活

在世的银杏稀少而分散,上百岁的老树已不多见,和它同纲的其他植物皆已灭绝,所以银杏又有活化石的美称。变种及品种有:黄叶银杏、塔状银杏、裂银杏、垂枝银杏、斑叶银杏等26种。银杏树的果实俗称白果,因此银杏又名白果树。银杏树生长较慢,寿命极长,自然条件下从栽种到结银杏果要二十多年,四十年后才能大量结果,因此又有人把它称作"公孙树",有"公种而孙得食"的含义,是树中的老寿星,具有观赏、经济、药用价值。银杏树高大挺拔,叶似扇形。冠大荫状,具有降温作用。银杏树体高大,树干通直,姿态优美,春夏翠绿,深秋金黄,是理想的园林绿化、行道树种,被列为中国四大长寿观赏树种(松、柏、槐、银杏)。

⑲冲天:高峻,竣秀。

⑳冠:树冠。这里指树冠很大。

清江引①·初夏

2012 年5 月 23 日

　　问西山云烟②何时好？初夏林荫道。柠条③黄鹂鸣，青柏④云雀叫，闻丁香总教人醉倒。

　　听祖厉⑤涛声何处妙？月夜会师桥⑥。水流墨香远，风动翠袖⑦飘，说灯火阑珊相思⑧消。

注释：

①清江引：曲牌名，又称《江儿水》。

②云烟：风景。

③柠条：见 116 页。

④青柏：指人工栽植的刺柏和侧柏。

⑤祖厉：指祖厉河。

⑥会师桥：见 11 页。

⑦翠袖:指游客。

⑧相思:思念家乡。

清平乐^①·成园^②

2013 年 3 月 12 日

　　意坚心定,夕阳状子影^③。星月飞骑^④路一径,荒原硝烟初静^⑤。

　　幽幽西津^⑥盛情,常念汇聚大成^⑦。不见流年^⑧双鬓^⑨,浴血芳草^⑩重生。

注释:

　　①清平乐:词牌名,又名《清平乐令》《醉东风》《忆萝月》,为宋词常用词牌。晏殊、晏几道、黄庭坚、辛弃疾等著名词人均用过此调,其中晏几道尤多。《清平乐》原为唐教坊曲名,取用汉乐府"清乐""平乐"这两个乐调而命名。后用作词牌。《宋史·乐志》入"大石调",《金奁集》《乐章集》并入"越调"。通常以李煜词为准。双调四十六字,八句,前片四仄韵,后片三平韵。上阕押仄声韵,

下阕换平声韵。也有全押仄声韵的。一说李白曾作《清平月》,《尊前集》载有李白词四首,恐后人伪托,不可信。《清平乐》也是曲牌名,属南曲羽调。有二体,一体字句格律与词牌前半阕相同;另一体与词牌不同。

②成园:指会宁县城会师园,园内有建于明代的孔庙大成殿。

③孑影:单独身影,这里指疲惫的红军战士。

④星月飞骑:1936 年 9 月 30 日中午,红一方面军十五军团骑兵团政委夏云飞和团长韦杰,在宁夏同心城附近驻防地接到军团首长电示,命令他们率领骑兵部队以急行军奔袭战术,抢在敌人前头,于 10 月 2 日打下会宁县城,迎接二四方面军会师。他们于当晚 11 时 30 分出发,白天隐蔽,晚上行军,奔袭 300 里。10 月 2 日(农历八月十七日)凌晨 5 时许,行进到会宁县城北约 3 里处,他们渐渐向城门靠近,待城门一开,各连迅速按战斗序列展开,发起攻击。战士们策马扬刀,闪电般地分别向北门和西门冲去,因为敌人事先没有察觉,被突如其来的红军打得晕头转向,惊慌失措。经过激烈战斗,保安团一个营和县保安中队被打得全部溃散。冲进城的各个连队对溃散之敌展开逐街逐巷的搜索。经过 1 个多小时的战斗,干净利索地全歼守敌 300 余名,胜利占领会宁县城。10 月 10 日,朱德等人率红四方面军将士抵达会宁。

⑤硝烟初静:战斗结束。

⑥西津:甘肃会宁县城西城门西津门,1958 年更名为会师门。

⑦大成:会宁县城孔庙大成殿。

⑧流年:过去的岁月。

⑨双鬓：这里指红军会师以后在会宁生存生活的老红军。

⑩浴血芳草：流过血的土地和生生不息的野草。

清平乐·暑夏

2013 年 7 月 27 日

暑夏渐远,满目狂草卷①。连日阴雨山花乱②,遥想塘坝清浅。

昨日西山③揽胜,遍地甘草④丛生。槐花落撒树下,荒径寻梦难成。

注释:

①卷:翻卷。这里是草木茂盛。

②乱:这里是凋零的意思。

③西山:指会宁县城西岩山。

④甘草:别名国老、甜草、甜根子。豆科,属多年生草本;根与根状茎粗壮,是一种补益中草药。药用部位是根及根茎,圆柱形,表面红棕色或灰棕色,气味微甜。功能主治清热解毒,祛痰止咳、

红莱词话

脘腹等。喜阴暗潮湿、日照长、气温低的干燥气候。甘草多生长在干旱、半干旱的荒漠草原、沙漠边缘和黄土丘陵地带。

千秋岁^①·凭吊

2013 年 3 月 17 日

金雕玉砌^②,蓝天白云细 。铁骑^③过,狼烟^④起。守国^⑤大漠远,隐居香林^⑥翠。战马倦,昴空^⑦枕戈扎塬^⑧睡。

皇脉^⑨庶人^⑩寄,遗恨谁可洗？黑虎^⑪畔,腰井^⑫里。凤翅开华扇^⑬,才俊出联袂^⑭。梦醒^⑮后,月映黄河东流水^⑯。

注释：

①千秋岁:词牌名。唐教坊大曲有《千秋乐》调。据郭茂倩《乐府诗集》此曲题解,是唐玄宗生日,大宴群臣,百官上表请定此日为千秋节,可能由此产生《千秋乐》调。宋人根据旧曲另制新曲。又名《千秋节》《千秋万岁》。仄韵双调,七十一字,十六句,上下片各八句,五仄韵。上片起句比下片起句少一字,其余句式全同。另有游仲文词名《千秋岁》,即《念奴娇》。《宋史·乐志》入"歇指调"。

《张子野词》入"仙吕调"。一般以《淮海长短句》为准。别有《千秋岁引》，八十二字，前片四仄韵，后片五仄韵。

②金雕玉砌：指元朝皇宫。

③铁骑：指元朝蒙古军队。

④狼烟：这里指战争。

⑤守国：坚守元朝统治。

⑥香林：即香林山，也叫铁木山，在会宁县西北，距离会宁县城约 70 千米。传说昴空兵败后，曾在香林山隐居。

⑦昴空：会宁县郭城驿镇黑虎岔村赵氏始祖，元末明初元室皇裔。据史书记载，黑虎赵姓是烈祖也速该之三子，成吉思汗之三弟哈赤温一族也。明洪武三年（1370），元皇室后裔三狼济王等九人逃至靖远，其中二人流落吴家窑，三狼等七人涉靖远红罗山河南营门儿，内一人隐居张家坪（今平川区小水村），娶张媪为妻，遂以张姓为姓；一姓吴，隐居黄草湾（今平川区大坝沿），其后裔散居靖远县大、小芦子；一姓赵，隐居会宁黑虎岔。据黑虎岔赵氏家族所遗留的《赵氏家谱》记载：黑虎岔赵氏一族的始祖昴空，原为元室军中押粮官。元末明初时携家眷随三狼济王一路征战而来。后在黑虎岔的一场战役中，明将徐达一箭射中了昴空的长子陀喊并提走了陀喊的首级。昴空痛失长子，心肝欲裂，挥泪在上岔里东山下就地掩埋了长子残躯。眼看元朝大势已去，遂无心恋战，解甲归隐黑虎岔东侧老庄沟（今塌窑沟），并在山头建起了盘营（遗址今仍在），过起了牧民生活。昴空夫妇生有五子，前四子依次名为陀喊、返都、孛罗、孛哪，第五子随母入镇番（今民勤县）省女未归而失名。昴空及其子都未改蒙古族别，名讳皆是蒙

语。到了第三世,朱元璋所建的明朝开始清查户籍,隐居于此的昂空一族害怕明朝镇压元室皇族,只好改族换姓,从此"黑虎赵"诞生。

⑧扎塬:会宁县郭城驿镇扎子塬村。昂空墓在扎子塬村上岔,此地山清水秀,草木茂盛。

⑨皇脉:皇室根脉。

⑩庶人:平民,普通老百姓。过去的元朝皇室,现在早已成了普通老百姓。

⑪黑虎:即会宁县郭城驿镇黑虎岔村。

⑫腰井:即会宁县郭城驿镇黑虎岔村附近的一个自然村。史传,村中有一眼井,水质甘醇,水量甚大。

⑬凤翅开华扇:昂空墓地的形状,犹如凤凰展翅。

⑭才俊出联袂:黑虎赵姓人才辈出。

⑮梦醒:回顾历史。

⑯月映黄河东流水:昂空墓地距离黄河约三十千米。意指历史的故事如晓月与河流一样,虽然已经过去了,但将永远存在。

如梦令①·雨露

2011 年7 月 26 日

　　昨日浓云密布,扬面柳丝轻抚。急盼夏雨落,风卷残云全无。雨露,雨露,何日解我愁苦②?

注释:

①如梦令:古时词牌名称。其中,以李清照的"昨夜雨疏风骤,浓睡不消残酒。试问卷帘人,却道海棠依旧。知否?知否?应是绿肥红瘦"最为脍炙人口。其后更有小说或流行歌曲以此为题,表达男女之间的爱慕之情。本调三十三字。通体以六言句为主。第一、二句第一字平仄可以通用,第三字以用仄声为佳,第五字则以用平为宜。

②愁苦:指干旱之苦。

如梦令·晚归

2011 年 11 月 25 日

昨日乡间晚归,寒烟袅袅似水。又见草桥关①,夕阳阡陌余辉。知谁②,知谁，学童耕牛并回。

注释:

①草桥关:地名,在会宁县河畔镇。

②知谁:看到的景象。

阮郎归①·华灯②

2013 年 4 月 25 日

　　华灯灿灿影相随,小城③绽花蕾。星河双映④对斜晖,邀月⑤同举杯。

　　春⑥未老,花⑦已非,残梦⑧绕幔帏。长街望断⑨夜色低,遥闻有子归⑩。

注释:

　　①阮郎归:词牌名。又名《醉桃源》《醉桃园》《碧桃春》。唐教坊曲有《阮郎迷》,疑为其初名。词名用刘晨、阮肇故事。《神仙记》载刘晨、阮肇入天台山采药,遇二仙女,留住半年,思归甚苦。既归则乡邑零落,经已十世。曲名本此,故作凄音。双调四十七字,前后片各四平韵。也是曲牌名。有二,均属南曲南吕宫。其一字句格律与词牌同,但多仅用其前半阕或后半阕,用作引子;其一与

词牌不同,用作过曲。

②华灯:大街上的路灯。

③小城:指会宁县城。

④星河双映:新安装的路灯与祖厉河互相映衬。

⑤邀月:当晚是农历三月十六日,月色明亮。邀月入诗。

⑥春:这里借指相关的人。

⑦花:这里借指相关的事。

⑧残梦:一些旧事。

⑨长街望断:街虽长却一眼望到头。喻义看透世事。

⑩子规:即杜鹃鸟。唐代诗人吴融有一首七言律诗《子规》,从蜀帝杜宇死后魂化杜鹃的故事落笔来抒发悲慨之情。宋代诗人余靖有一首同名的五言律诗《子规》,抒发的是仕途被贬后的悲苦心情。唐代吴融《子规》:"举国繁华委逝川,羽毛飘荡一年年。他山叫处花成血,旧苑春来草似烟。雨暗不离浓绿树,月斜长吊欲明天。湘江日暮声凄切,愁杀行人归去船。"子规,一般泛指杜鹃。古代传说,它的前身是蜀国国王,名杜宇,号望帝,后来失国身死,魂魄化为杜鹃,悲啼不已。这可能是前人因为听得杜鹃鸣声凄苦,臆想出来的故事。此篇咏写子规,就从这个故事落笔,设想杜鹃鸟离去繁华的国土,年复一年地四处飘荡。这个悲剧性的经历,正为下面抒写悲慨之情作了铺垫。由于哀啼声切,加上鸟嘴呈现红色,旧时又有杜鹃泣血的传闻。诗人借取这个传闻发挥想象,把原野上的红花说成杜鹃口中的鲜血染成,增强了形象的感染力。可是,这样悲鸣也不可能有什么结果。故国春来,依然是一片草木荣生,青葱拂郁,含烟吐雾,丝毫也不因子规的伤心而

减损其生机。这里借春草作反衬,把它们欣欣自如的神态视为对子规啼叫漠然无情的表现,想象之奇特更胜过前面的泣花成血。这一联中,"他山"(指异乡)与"旧苑"对举,一热一冷,映照鲜明,更突出了杜鹃鸟孤身飘荡、哀告无门的悲惨命运。后半篇继续多方面地展开对子规啼声的描绘。雨昏风冷,它藏在绿树丛中苦苦嘶唤;月落影斜,它迎着欲曙的天空凄然长鸣。它就是这样不停地悲啼,不停地倾诉自己内心的伤痛,从晴日至阴雨,从夜晚到天明。这一声声哀厉而又执着的呼叫,在江边日暮时分传入船上行人耳中,不能不触动人们的旅思乡愁和各种不堪回忆的往事,叫人黯然魂销、伤心欲泣。

山坡羊①·西部

2011 年 7 月 26 日

　　沟壑如聚,旱塬如怒,黄土高坡崎岖路。望西部②,意踌躇。最是黄河三角处③,良田万顷皆祖厉土④。旱,百姓苦;涝,百姓苦。

注释:

　　①山坡羊:曲牌名。北曲中吕宫、南曲商调,都有同名曲牌。南曲较常用,字数定格。据《九宫大成谱》所载,南曲大抵是七、七、七、八、三、五、七、八、二、五、二、五(十二句);北曲较简单,常用作小令,或用在套曲中。

　　②西部:这里指西部地区的黄土高原。

　　③黄河三角处:指黄河三角洲。黄河三角洲是黄河携带大量泥沙在渤海凹陷处沉积形成的冲积平原。据水文资料记载,黄河

口多年平均径流量 420 亿立方米,多年平均输沙量 12 亿吨,由于潮流弱,搬运能力差,大约 40%的泥沙留在入海口,平均每年造陆 31.3 平方公里,海岸线每年向海内推进 390 米,每年创造 4 万多亩土地。黄河口湿地生态旅游区占地 23 万亩,都处在黄河三角洲之内,地貌以芦苇沼泽、湿地为主,其次为河口滩地,带翅碱蓬盐滩湿地,灌丛疏林湿地以及人工槐林湿地等。集自然景观与人文景观为一体,既有沧海桑田的神奇与壮阔,又有黄龙入海的壮观和长河落日的静美,是人们休闲、度假、观光科普的最佳场所。

④良田万顷皆祖厉土:历史上,祖厉河流域水土流失严重。几万年以前,地势平缓,水草丰美。后来气候变化,植被破坏,冲刷日益严重,大量泥沙流入黄河,最终流到了黄河入海口。

山坡羊·酒歌①

2011 年 8 月 18 日

　　人生如酒,岁月如歌,醉也诉也凭②谁说?看骄阳,意犹多。最是花前月下事③,韶华④飘零锦书⑤难托。爱,已是昨;恨,已是昨。

注释:

①酒歌:酒后之作。

②凭:向,面对。

③花前月下事:青春旧事。

④韶华:美好的年华。指青年时期。唐代李贺《嘲少年》诗:"莫道韶华镇长在,发白面皱专相待。"宋代秦观《江城子》词:"韶华不为少年留。恨悠悠,几时休。"李大钊《青春》:"赠子之韶华,俾以青年纯洁之躬,饫尝青春之甘美"。

⑤锦书:指华美的文书。南朝梁沈约《华山馆为国家营功德》诗:"锦书飞云字,玉简黄金编。"唐代王勃《七夕赋》:"上元锦书传宝字,王母琼箱荐金约"。

山坡羊·悯农①

2013 年 8 月 5 日

荒原亘古②,烈日煞③毒,生息④总难舍故土。天公怒,雨如注;倒屋毁田没了路,翁⑤泪孙啼居⑥何处?旱,百姓苦;涝,百姓苦。

注释:

①悯农:悯,怜悯;农,农夫。这里有同情的意思。唐代诗人李绅有组诗《悯农二首》。其一:"春种一粒粟,秋收万颗子。四海无闲田,农夫犹饿死。"其二:"锄禾日当午,汗滴禾下土。谁知盘中餐,粒粒皆辛苦。"

②亘古:自古以来,远古。

③煞:这里作副词,极,很。

④生息:生存,生活。宋代李觏《惜鸡》诗:"行行求饮食,欲以

助生息。"叶圣陶《倪焕之》十一:"地面全是砖块瓦屑,可见以前那里建筑过房屋,有人生息在里边。"

⑤翁:老头儿。

⑥居:居住。这里指居住的地方。

山坡羊·黄土①

2013 年 8 月 5 日

　　父与天②斗,子将地③修,黄土百年空对愁。寒山瘦④,
苦水流;为有⑤牺牲山河秀,矢志不移几春秋⑥?去⑦,天⑧依
旧;来⑨,地⑩依旧。

注释:

①黄土:这里指黄土高原。多数区域干旱少雨,水土流失严
重。

②天:这里特指干旱。

③地:这里特指耕种。

④瘦:土地贫瘠。

⑤为有:因为有。"为有牺牲山河秀"一句,因为有改变现状让
山河变得秀美的愿望,所以,就会有一代一代人的不断付出和牺

牲精神。

⑥春秋:岁月,人生。中国古代先民极其重视春、秋两季的祭祀,由此"春秋"衍生出更多的语言含义,常常用来表示一年、四季、四时、光阴、年龄等。

⑦去:离开,外出。

⑧天:气候条件。

⑨来:归来。

⑩地:生态环境。

山花子^①·青城山^②

2014年5月3日

怀抱三木^③峰峦中,幽谷未闻建福钟^④。日暮上清宫^⑤前月,映春红。

天师^⑥羽化子影尽,大千^⑦客居画楼^⑧空。惟有彩衣^⑨全真子^⑩,唤东风。

注释:

①山花子:唐教坊曲名,后用为词牌。此调在五代时为杂言《浣溪沙》之别名,即就《浣溪沙》的上下段中,各增添三个字的结句,故又名《摊破浣溪沙》或《添字浣溪沙》,《高丽史·乐志》名《感恩多令》。亦有径称《浣溪沙》者,见敦煌曲子词。又因南唐李璟词"细雨梦回"两句颇著名,故又称《南唐浣溪沙》。双调四十八字,平韵。敦煌曲子词中的一首则押仄韵。

②青城山:位于四川省成都市都江堰市西南,东距成都市区68公里,处于都江堰水利工程西南10公里处。主峰老霄顶海拔1260米。青城山群峰环绕起伏,林木葱茏幽翠,享有"青城天下幽"的美誉。青城山历史悠久,是中国道教发祥地之一,是全国道教十大洞天的第五洞天。青城山名胜古迹很多,古建筑各具特色,古今名人诗画词赋处处可见,有优美的风光和神奇的传说。全山宫观以天师洞为核心,建有建福宫、上清宫、祖师殿、圆明宫、玉清宫、朝阳洞等。青城山自古是文人墨客探幽访胜和隐居修炼之地,古称"洞天福地""神仙都会"。青城山在历史上名称很多,曾叫"汶山"、"天谷山"、渎山、丈人山、赤城山、清城都、天国山等名。青城山被誉为"天下第五名山"。

③三木:青城山的三大树种楠树、银杏、柳杉,年代久远,数量众多。

④建福钟:青城山建福宫的铁钟。

⑤上清宫:位于青城山第一峰、距峰顶约500米的半坡上。上清宫始建于晋代,现存庙宇为清朝同治年间所建,上有"天下第五名山""青城第一峰"等摩崖石刻,宫门"上清宫"三字由蒋介石所题。宫内祀奉道教始祖李老君,有老子塑像和《道德经》五千言木刻,还有麻姑池、鸳鸯井等传说遗迹。

⑥天师:原名张陵,客居四川,学道于鹤鸣山中,依据《太平经》造作道书,自称出于太上老君口授,并根据巴蜀地区少数民族的原始宗教信仰,奉老子为教主,以《道德经》为经典,创立了"五斗米道",又称"天师道",被后世尊为天师,道名为张道陵。传说道教天师张道陵晚年显道于青城山,并在此羽化。此后,青城

山成为天师道的祖山，全国各地历代天师均来青城山朝拜祖庭。天师道经过张陵及其子孙历代天师的创建和发展，逐渐扩及全国。晋代以后，山中道教渐盛，极盛时有道观 70 余处，胜景 108 处。晋隋时期，天师道有北天师道和南天师道的兴起和地区教派的产生。青城山所传属于南天师道的正一教派。

⑦大千：即张大千。1940 年前后，当代国画大师张大千举家寓居青城山上清宫。他寻幽探胜，泼墨弄清彩，作品愈千幅，还篆刻图章一方，自号"青城客"。20 世纪 60 年代，张大千在远隔重洋的巴西圣保罗画巨幅《青城山全图》，供自己及家人卧游。晚年自云："看山还故乡青""而今能画不能归"，终身对故乡青城仙山充满着眷恋之情。

⑧画楼：张大千寓居青城山上清宫作画的阁楼。

⑨彩衣：彩绘塑像。

⑩全真子：即全真道教。明朝末年，战乱不断，青城山道士逃散，直到清朝康熙八年，武当山全真道龙门派道士陈清觉来青城山主持教务，使青城山道教局面重新改观。现青城山道教所传属于全真道龙门派丹台碧洞宗。

上林春慢①·惊蛰②

2013 年 3 月 5 日

　　九尽③杨花④,乍寒乍暖,林苑暗香初过。夕烟笼纱,雷发东隅⑤,依然上元⑥灯火。草纵木舒,仓庚鸣⑦、起耕谁坐?地气通⑧,感春阳清新,光阴难锁。

　　凌丝断⑨,不知其果。艳阳始,蜂飞蝶舞袅娜。红粉裙钗,离合聚散,长空青云几朵?佳丽携手,但见得、滨湖柳
弹⑩。寄酒来,雨水多、绿叶紫裹⑪。

注释:

　　①上林春慢:词牌名。《宋史·乐志》:"中吕宫"。双调一百二字,前段十一句四仄韵,后段九句五仄韵。宋代诗人晁冲之有作品《上林春慢》:"帽落宫花,衣惹御香,凤辇晚来初过。鹤降诏飞,龙擎烛戏,端门万枝灯火。满城车马,对明月、有谁闲坐。任狂游,

更许傍禁街,不局金锁。玉楼人、暗中掷果。珍帘下、笑著春衫袅娜。素蛾绕钗,轻蝉扑鬓,垂垂柳丝梅朵。夜阑饮散,但赢得、翠翘双翠。醉归来,又重向、晓窗梳裹。"

②惊蛰:古称"启蛰",二十四节气中的第三个节气。在每年二月初一前后(公历 3 月 5~6 日之间),太阳到达黄经 345°时,天气转暖,渐有春雷,动物入冬藏伏土中,不饮不食,称为"蛰",而"惊蛰"即上天以打雷惊醒蛰居动物的日子。这时我国大部分地区进入春耕季节。

③九尽:寒九天已经结束。

④杨花:杨树已经开花。

⑤雷发东隅:天气回暖,春雷始鸣,惊醒蛰伏于地下冬眠的昆虫。晋代诗人陶渊明有诗曰:"促春遘时雨,始雷发东隅,众蛰各潜骇,草木纵横舒。"

⑥上元:元宵节。

⑦仓庚鸣:庚,亦作鹒,黄鹂也。《诗》所谓"有鸣仓庚"是也。

⑧地气通:春回大地,地气上升。

⑨凌丝断:惊蛰时节,气温和地温都逐渐升高,冰冻开始融化,最后的冰丝开始断开了,即将彻底地融化成水。

⑩柳弹:下垂的柳丝。弹,下垂。如:"弹袖垂髫,风流秀曼。"

⑪绿叶紫裹:宋玉《高唐赋》"绿叶紫裹,丹茎白蒂,纤条悲鸣,声似竽籁……"对各种树木和森林景色的描写。

声声慢①·忆除夕②

2013 年 3 月 10 日

年纳余庆③,节号长春④,小院旧岁初渡。又是除夕时候,红了火炉。三杯两盏热酒,更平添,絮叨无数。接神主⑤,供先远⑥,却是流年陈俗⑦。

孝子贤孙⑧云集,人丁兴⑨,最是守岁时刻。四世同堂,尽享天伦之乐。根深还期叶茂⑩,到头来,睦睦和和。这次第,怎一个亲字了得!

注释:

①声声慢:词牌名。据传蒋捷作此慢词俱用"声"字入韵,故称此名。亦称《胜胜慢》《凤示凰》《寒松叹》《人在楼上》,最早见于北宋晁补之笔下。双调,上片十句,押四平韵,四十九字;下片九句,押四平韵,四十八字,共九十七字。又有仄韵体(一般押入声)。用

"仙吕调"。

②除夕:指农历每年末最后一天的晚上,即大年初一前夜。因常在夏历腊月二十九或三十日,故又称该日为年三十,是中国传统节日中最重要的节日之一。年的最后一天叫"岁除",那天晚上叫"除夕"。除夕人们往往通宵不眠,叫守岁。除夕这一天,家里家外不但要打扫得干干净净,还要贴门神、贴春联、贴年画、挂灯笼。

③年纳余庆:即"新年纳余庆,嘉节号长春"。五代十国蜀国国君孟昶的一副桃符对联,也是我国有历史记载的第一副春联。从字面上看,"纳"即"享受","余庆",旧指"先代的遗泽",《易经·坤·文言》:"积善之家,必有余庆。"上联的大意是:新年享受着先代的遗泽。下联的大意是:佳节预示着春意常在。

④节号长春:同上。

⑤神主:指除夕家里供奉的福、禄、寿三大财神。

⑥先远:指除夕家里供奉的祖宗牌位,上书:"供奉＊氏门中三代先远宗亲之神位"。

⑦流年陈俗:历经多少年以来流传下来的习惯。

⑧孝子贤孙:指一个家族的后代,喻义人口众多。

⑨丁:专指男人。

⑩根深还期叶茂:根深,指传世久远;叶茂,繁衍广大。

苏幕遮①·归去来兮②

2013 年 4 月 22 日

艳阳天,黄土地,春色连绵,几处山峦翠③? 老树夕阳望雨水,晨露熹微,总教人心碎。

今又是,昨已非,归去来兮,何处可寄睡? 花残红褪千行泪。悲悯衷肠,谁解此中味。

注释:

①苏幕遮:唐玄宗时教坊曲名,来自西域。双调,六十二字,上下片各四仄韵。范仲淹的《苏幕遮》题材一般,但写法别致。上阕写景,气象阔大,意境深远,视点由上及下,由近到远。下阕直揭主旨,因"芳草无情"导入离愁和相思。慧琳《一切经音义》卷四十一《苏莫遮冒》修:"苏莫遮,西域胡语也,正云飒磨遮。此戏本出龟兹国,西至今犹有此曲。此国浑脱、大面、拨头之类也。"后用为

词调。曲辞原为七言绝句体(如张说的《苏摩遮》五首),以配合《浑脱舞》。近人考证,苏幕遮是波斯语的译音,原义为披在肩上的头巾(俞平伯《唐宋词选注释》)。《新唐书·宋务光传》载吕元泰上唐中宗书曰:"比见坊邑相率为《浑脱队》,骏马胡服,名为《苏莫遮》。"可见此曲流传中国尚在唐玄宗之前。后衍为长短句。敦煌曲子词中有《苏莫遮》,双调六十二字,宋人即沿用此体。《词谱》卷十四谓"宋词盖因旧曲名另度新声",误。此词黄升《唐宋诸贤绝妙词选》卷三作"别恨"。又名:《古调歌》《鬓云松令》《云雾敛》等。另有言,苏幕遮亦称乞寒节,是龟兹国为祈祷当年冬天严寒以降更多的雪,来年水源充沛。唐代时,苏幕遮传入中原,曾轰动京城,成为唐和宋时的一个重要节日。唐人写的关于苏幕遮歌舞的诗词,数量繁多。到宋时,苏幕遮就成了词牌名。

②归去来兮:出自晋·陶渊明《归去来兮辞》:"归去来兮!田园将芜,胡不归?"可作宾语、定语、分句,指归隐乡里。常有淡泊名利、回归自然的意味。

③几处山峦翠:没有绿色,指气候干旱,降雨少。

水调歌头①·秋景

2013 年 8 月 18 日

沃野青黛②远,苍山展清秋。玉带碧纱③千万,层层仁高楼④。莫道风雨初渡,更喜川塬锁雾,夕阳芳草洲⑤。绿意未觉少,秋水不言愁。

人依旧,山河秀,望神州。长歌⑥遥寄天上,感怀⑦遗心头。携来一片浮云,斟满三杯新酒,不堪再回首。人民谱华章,大地起锦绣。

注释:

①水调歌头:词牌名,又名《元会曲》《凯歌》《台城游》《水调歌》,双调九十五字,上片九句四平韵,下片十句四平韵。唐朝大曲有"水调歌",据《隋唐嘉话》,为隋炀帝凿汴河时所作。宋乐入"中吕调",见《碧鸡漫志》卷四。凡大曲有"歌头",此殆裁截其首

段为之。名篇有宋代苏轼的《水调歌头·中秋》,宋代陈亮的《水调歌头·送章德茂大卿使虏》,毛泽东的《水调歌头·游泳》等。

②青黛:指绿色。

③玉带碧纱:指秋季玉米连绵成片带。

④仁高楼:指梯田里的庄稼。

⑤芳草洲:水草丰美。

⑥长歌:美好的祝愿。

⑦感怀:激动和感慨。

水调歌头·乡愁

2015 年 11 月 29 日

　　村近野山远，鸟去①老牛还。林缘②深处，恬淡萦绕起炊烟。早有浩然③陶令④，更念板桥⑤介甫⑥，忧郁锁眉间。衰草⑦凝霜雪，荒径⑧藏波澜⑨。

　　民间事，多少苦，莫清闲。壮心何以愁绪？悯意⑩隐心田。常盼风调雨顺，又恐十年九旱，欲语竟还难。挥手改天地，破茧⑪换容颜⑫。

新韵，平为一二声，仄为三四声，中不论。

中仄中平仄，中仄仄平平。中平中仄，平仄中仄仄平平。（上六下五或上四下七）中仄中平中仄，中仄中平中仄，中仄仄平平。中仄中平仄，中仄仄平平。

中平仄，平中仄，仄平平。中平中仄平仄，仄仄仄平平（上六下五或上四下七，又或作仄仄平平仄仄，仄仄仄平平）。中仄中平中仄，中仄中平中仄，中仄仄平平。中仄中平仄，中仄仄平平。

注释：

①鸟去：天黑鸟儿归巢。

②林缘：树林边际。

③浩然：即孟浩然（689 或 691—740 年），名浩，字浩然，号鹿门处士，以字行，唐代襄州襄阳（今湖北襄阳）人，又称"孟襄阳"，盛唐著名山水田园诗人。孟浩然的诗与王维齐名，并称"王孟"。

④陶令：即陶渊明（352 或 365—427 年），东晋诗人、辞赋家、文学家。名潜，字元亮，入刘宋后改名潜。唐人避唐高祖讳，称陶深明或陶泉明。因宅边曾有五棵柳树，又自号五柳先生，私谥靖节先生（陶征士诔）。浔阳柴桑（今在江西九江西南）人。以清新自然的诗文著称于世。相关作品有《饮酒》《归园田居》《桃花源记》《五柳先生传》《归去来兮辞》《桃花源诗》等。诗多描绘自然景色及其在农村生活的情景，语言质朴自然而又极为精练。陶渊明的诗和辞赋散文在艺术上具有独特的风格和极高的造诣，开田园诗一体，为古典诗歌开辟了新的境界。

⑤板桥：即郑板桥（1693—1766 年），汉族，江苏兴化人；清代著名画家、书法家；原名郑燮，字克柔，号板桥，也称郑板桥；乾隆时进士，曾任潍县县令。历史上著名的"扬州八怪"之一。著有《板桥全集》。《潍县署中画竹，呈年伯包大中丞诗云》："衙斋卧听萧萧竹，疑是民间疾苦声。些小吾曹州县吏，一枝一叶总关情。"

⑥介甫：即王安石（1021—1086 年），字介甫，号半山，谥文，

世人又称王荆公,江右民系。北宋抚州临川县城盐埠岭(今抚州市临川区邓家巷)人,封荆国公,中国历史上杰出的政治家、思想家、学者、诗人、文学家、改革家,唐宋八大家之一。北宋丞相、新党领袖。宋仁宗嘉祐三年(1058年)上万言书,提出变法主张,要求改变"积贫积弱"的局面,推行富国强兵的政策,抑制官僚地主的兼并。宋神宗熙宁三年(1070年)任宰相,实行变法,支持五取西河等州,改善对西夏作战的形势。保守派反对,新法遭阻碍,熙宁七年辞退。传世文集有《王临川集》《临川集拾遗》等。其词虽不多,但亦擅长,且有名作《桂枝香》等。而王荆公脍炙人口的诗句莫过于《泊船瓜洲》中的"春风又绿江南岸,明月何时照我还"。

⑦衰草:入冬后的野草。

⑧荒径:大山中的荒野小路。

⑨波澜:比喻大山中气象万千的态势。

⑩悯意:爱怜忧愁的心情。

⑪破茧:即破茧成蝶,指肉虫或者毛虫通过痛苦的挣扎和不懈的努力,化为蝴蝶的过程。现在用来指重获新生,走出困境。

⑫容颜:指面貌。

诉衷情①·古城秋色

2013 年 10 月 10 日

二十里铺②汉墓③丘,秦皇汉武游④。英雄已成残梦,空留千古愁。

东岑上,桃峰头,谁可收? 西岩山下,秋雁南飞,厉水北流⑤。

注释:

①诉衷情:词牌名,唐教坊曲。唐温庭筠取《离骚》"众不可户说兮,孰云察余之中情"之意,创制此调。双调四十四字,上下片各三平韵。龙榆生《格律》原书收平仄韵错叶格(格二),双调平韵格未收。平韵格流传较广,宜为定格。平仄韵错叶格,《金奁集》入"越调"。三十三字,六平韵为主,五仄韵两部错叶。原为单调,后演为双调。韦庄、黄庭坚、张先、陆游、李清照、吴文英、吕圣等著

名词人均用过此调。

②二十里铺:地名,会宁县城以北二十华里的地方,属于会宁县柴家门乡管辖。现已纳入会宁县新一版城市规划之中。

③汉墓:汉朝墓葬。会宁汉属祖厉县,东汉安帝永初五年(111年)治于今会宁县会师镇南十里铺的古城。汉墓群位于会宁县柴家门乡北二十里铺村,东依重阳山,西临祖厉河。据清道光时期《会宁县志》载,王莽之父王曼即葬于此,但截至目前并没有说服力的考古资料佐证。据了解,会宁汉代墓葬分布于柴家门乡寨子至四十里铺西山腰,共分寨子汉墓群、北二十里铺墓群、张家湾墓群,现存大墓冢 34 座,皆为圆丘形封土堆。遗址内可见汉代瓦片、绳纹板瓦、灰陶罐残片、残砖等汉代遗物,曾出土有陶灶、陶鸡等,是一处十分重要的汉代墓葬区,对研究汉代会宁地区的社会经济情况、丧葬习俗等具有较高的史学价值。1978 年,该遗址被会宁县人民政府列为县级文物保护单位。

④秦皇汉武游:据史料记载,秦始皇和汉武帝都曾经到过会宁县境内。

⑤厉水北流:会宁县地处黄土高原西北部,地形为东南高、西北低。发源于会宁县东南部的祖厉河,经过县城流入黄河,流向为自东南向西北。

天净沙^①·中秋^②

2010 年 9 月 19 日

秋夜风动窗纱。何处明月童话？儿时池塘听蛙。黄土
高坡,断肠人在天涯^③。

注释:

①天净沙:曲牌名,单调二十八字,五句四平韵、一叶韵。《太
平乐府》注:越调。无名氏词有"塞上清秋早寒"句,又名《塞上
秋》。

②中秋:这首词是中秋之夜填写。

③断肠人在天涯:出自元代著名戏曲、杂剧作家马致远《天净
沙·秋思》:"枯藤老树昏鸦,小桥流水人家。古道西风瘦马。夕阳
西下,断肠人在天涯。该句完全借用马致远《天净沙·秋思》中原
句,表达中秋节孤独在外地的一种感觉。

摊破浣溪沙①·夜读

2011 年 7 月 8 日

独处陋室阅风华，夏夜星云映窗纱。流年岁月淡如水，何牵挂？

闲情逸致容斋②好，治国理政论语③佳。总将诗书作慰藉，孽海花④。

注释：

①摊破浣溪沙：词牌名。实为"浣溪沙"之别体，不过上下片各增三字，移其韵于结句而已，因有"添字""摊破"之名。双调，四十八字，上片四句三平韵，下片四句两平韵。代表作有李璟词《摊破浣溪沙·手卷真珠上玉钩》等。《摊破浣溪沙·手卷真珠上玉钩》。此调五代和凝词称"山花子"，"山花子"本唐教坊曲名。近代在敦煌发现的《山花子》调，虽字数与和凝词相同，但为仄韵，所以不

能认为是一个词体。

②容斋:指南宋著名文学家洪迈(1123—1202 年)的笔记小说《容斋随笔》,共五笔,74 卷,1220 则。其中,《容斋随笔》16 卷,329 则;《容斋续笔》16 卷,249 则;《容斋三笔》16 卷,248 则;《容斋四笔》16 卷,259 则;《容斋五笔》10 卷,135 则。据洪迈自述,《容斋随笔》写作时间逾四十年。是其多年博览群书、经世致用的智慧和汗水的结晶。《容斋随笔》是全书的总名,分为《随笔》《续笔》《三笔》《四笔》《五笔》。《随笔》先后用了 18 年的精力,《续笔》用了 13 年,《三笔》5 年,《四笔》不到一年;洪迈没有说《五笔》写了多少年,因为还没有按原计划写完 16 卷,只写到十卷便去世了。他为《四笔》写序时,是宋宁宗庆元三年(1197 年)九月,那么,自此以后至其嘉泰二年(1202 年)的五年左右时间,应当就是他写作《五笔》的时间。《容斋随笔》是关于历史、文学、哲学、艺术等方面的笔记,以考证、议论、记事为中心内容。既有宋代的典章制度,更有三代以来的一些历史事实、政治风云和文坛趣话,以资料丰富、格调高雅、议论精彩、考证确切等特点,卓然超越众多的同类著作之上,被《四库全书总目提要》推为南宋笔记小说之冠。

③论语:见 111 页。

④孽海花:晚清四大谴责小说之一。初版署名为"爱自由者发起,东亚病夫编述"。全书共三十五回,以苏州状元金沟和名妓傅彩云的经历为线索,展现了同治初年至甲午战争这三十年间中国社会政治文化生活的历史变迁。书中笔墨最为集中也最成功的是对封建知识分子与官僚士大夫的刻画,写他们的虚伪造作,写他们面对西方文明冲突时的庸腐无能。和其他三部谴责小说相

比,《孽海花》突出的特点是所写大都影射真人真事,书中的人物可以和近代一些名人一一对应,像金沟指洪钧,傅彩云指赛金花,翁叔平指翁同龢,梁超如指梁启超等等,具有强烈的时代感。中国封建社会进入晚清时期,其生命已经走到尽头。封建制度的各种弊端暴露无遗,吏治腐败,社会黑暗,加之外国列强的入侵,使中国逐步沦为半殖民地半封建社会,阶级矛盾、民族矛盾日益尖锐,社会危机日益严重。为求民族生存,国家富强,有识之士或思维新,或谋革命,在中国近代舞台上演出了一幕幕可歌可泣、可悲可感的活剧。

踏莎行①·暮春

2013 年 4 月 29 日

柳叶浅浅,杨花点点,丁香阵阵人迷乱。昨夜新雨别清寒,暮春渐暖少幽怨。

艳阳透枝,黄土耀眼,无水怎将烟波剪②?梦中化做衔泥燕③,常为田园把雨唤④。

注释:

①踏莎行:词牌名。又名《柳长春》《喜朝天》等。双调五十八字,仄韵。又有《转调踏莎行》,双调六十四字或六十六字,仄韵。文人士大夫素有"曲觞流水"、宴饮作乐的传统——那本是春日里上巳节的祈福活动,祭祀已毕,人们环绕水畔而坐,将盛有美酒的酒器放在水面随水漂流,漂到谁面前停下,那人便将酒饮干。这一习俗兴起于魏晋,经唐宋不衰。这种春游方式传至北宋,除

了饮酒,往往还需吟诗答对,所吟诵的题目大多为春日景致。溪水边春草融融,杂花散乱,轮到寇准饮酒吟诗了,寇准望着水边柔美的鲜嫩青草,脑海中浮现出唐朝诗人韩翃"踏莎行草过春溪"的诗句,于是借着相似的意境吟道:"春色将阑,莺声渐老,红英落尽春梅小。画堂人静雨蒙蒙,屏山半掩余香袅。密约沉沉,离情杳杳,菱花尘满慵相照。倚楼无语欲销魂,长空黯淡连芳草。"词句毫不晦涩,不但描绘春光景色,也隐隐带有对某位女子的思念,这样略显香艳的语句,正是宴饮时最能挑动气氛的。不但有文字,寇准同时也创作了曲调。当乐工问起这段词调的名字时,寇准欣然将之命名为"踏莎行"。词牌《踏莎行》的格式便由此确立下来。

②烟波剪:家燕衔泥筑巢,在水面上掠起一道道波纹,形似烟波。

③衔泥燕:家燕在屋檐下筑巢,从池塘里衔泥。

④唤:召唤与企盼。

踏莎行·无题

2013 年 9 月 13 日

水榭楼台,王孙①远渡,多少英雄无觅处。草深露浓已觉寒,古道风尘秋阳暮。

锦绣繁花,清淡雅素,冷雨②零落人无数。一片丹心③映关山④,莫问秋叶何处去。

注释:

①王孙:王侯将相的后代。借指有身份地位的人。

②冷雨:秋雨。借此说明已经进入秋季,天气有了寒意。

③丹心:指经霜的红叶。

④关山:指会宁的山水。

唐多令①·六盘山②

2013年9月5日

六盘无尽头，遍地小溪秀。细雨绿苔薄雾柔。箭竹③云杉④层层叠，见红叶，方知秋。

伫目望神州，潮涌大江流。红旗漫卷⑤岁月稠。华发丛生⑥人未老，满斟酒，不言愁。

注释：

①唐多令：词牌名。《太和正音谱》注"越调"，亦入高平调。也写作《糖多令》，又名《南楼令》《箜篌曲》等。双调，六十字，上下片各四平韵，亦有前片第三句加一衬字者。调见刘过《龙洲词》。双调，六十字，上下片各五句四平韵。上下片第三句多作上三下四，结句多作上三下三。另有六十一字，六十二字两体，分见梦窗、草窗，是变格。又名《糖多令》《南楼令》《箜篌曲》。

②六盘山:广义的六盘山在宁夏回族自治区西南部、甘肃省东部。南段称陇山,南延至陕西省西端宝鸡以北。横贯陕甘宁三省区,既是关中平原的天然屏障,又是北方重要的分水岭,黄河水系的泾河、清水河、葫芦河均发源于此。狭义的六盘山为六盘山脉的第二高峰,位于固原原州区境内,海拔 2928 米。六盘山是近南北走向的狭长山地。山脊海拔超过 2500 米,最高峰米缸山达 2942 米。其北侧另一高峰亦称六盘山,达 2928 米,由平凉至静宁的公路 312 国道经此。山路曲折险狭,须经六重盘道才能到达顶峰,因此得名。山地东坡陡峭,西坡和缓。六盘山山腰地带降雨较多,气候较为湿润,宜于林木生长,有较繁茂的天然次生阔叶林,使六盘山成为黄土高原上的绿色岛屿。

③箭竹:又称滑竹箭,秆挺直,壁光滑,是熊猫的主要食物来源。生于海拔 2000~2800 米处的针叶林缘,大部分分布于中国华中、华西各省山地。六盘山有一定生长量。

④云杉:乔木。中国特有树种,产于陕西西南部的凤县、甘肃东部两当及白龙江流域等地,稍耐荫,能耐干燥及寒冷的环境,生长在海拔 2400~3600 米地带。树干高大通直,节少,材质略轻柔,纹理直、均匀,结构细致,易加工,具有良好的共鸣性能。可供建筑、飞机、乐器(钢琴、提琴)、舟车、家具、器具、箱盒、刨制胶合板与薄木以及木纤维工业原料等用材。六盘山有一定生长量。

⑤红旗漫卷:1935 年 10 月 7 日,毛泽东率领的红一方面军在向陕北根据地挺进中,于六盘山前击败了前来堵截的敌骑兵团。在战斗胜利的鼓舞下,当天下午部队便一鼓作气翻过了六盘山,并咏怀作词《清平乐·六盘山》(原名为《长征谣》),抒发了将

革命进行到底的壮志豪情。全文是:"天高云淡,望断南飞雁。不到长城非好汉,屈指行程二万。六盘山上高峰,红旗漫卷西风。今日长缨在手,何时缚住苍龙?"

⑥华发丛生:满头白发。

唐河传①·心语

2015 年 6 月 16 日

心语,谁诉,相对几度②,欲说还苦 。从来尘世便如是③。谁痴④? 处处无人知。

明月尽照天涯路,孤独否? 终究有定数⑤。夜难眠。晴天,雨天,一年又一年。

注释:

①唐河传:词牌名。无明确记述,多仿辛弃疾《唐河传·效花间集》,平仄要求以此例为主,也有稍作变化之词人。本词平仄未完全遵其例。辛弃疾《唐河传·效花间集》:"春水,千里。孤舟浪起,梦携西子。觉来村巷夕阳斜。几家? 短墙红杏花。晚云做造些儿雨。折花去,岸上谁家女? 太狂颠! 笑那边,柳绵,被风吹上天。""平仄(韵),平仄(韵)。平平仄仄(韵),仄平平仄(韵)。仄平平仄

仄平平（韵）。仄平（韵），仄平平仄平（韵）。仄平仄仄平平仄（韵）。仄平仄（韵），仄仄平平仄（韵）。仄平平（韵），仄仄平（韵），仄平（韵），仄平平仄平（韵）。"

②度：量词，次，次数。

③是：这样。

④痴：天真。

⑤定数：气数。与变数相连，数理学家认为国家的兴亡、人世的祸福皆由天命或某种不可知的力量所决定，因此称为"定数"。南朝（梁）刘孝标《辩命论》："宁前愚而后智，先非而终是？将荣悴有定数，天命有至极而谬生妍蚩？"宋代范成大《河豚叹》诗："生死有定数，断命乌可续。"元代无名氏《梧桐叶》："小生想来，夫妻会合聚散，自有定数。"

唐河传·雨中

2015 年7 月 16 日

伏①雨,踌躇②,如泣如诉,潇潇③未住。曾经雨中寻残
红④。心动,零落⑤谁与共⑥?

泥土有情生百花,兰桂⑦发,芬芳天之涯⑧。意盈盈⑨。
魂牵⑩,梦萦⑪,终是水中影⑫。

注释:

①伏:指三伏,初伏、中伏和末伏的统称,是一年中最热的时
节。每年出现在 7 月中旬到 8 月中旬。其气候特点是气温高、气压
低、湿度大、风速小。"伏"表示阴气受阳气所迫藏伏地下。按我国
农历气候规律,前人早有规定,夏至后第三个庚日开始为初伏,
第四个庚日为中伏,立秋后第一个庚日为末伏,头伏和末伏各十
天,中伏十天或二十天,三伏共三十天或四十天。

②踌躇(chóu chú):指犹豫不决,拿不定主意。这里是下雨的情景,下一会儿停一会儿。

③潇潇:小雨。

④残红:落花叶子的红色。这里泛指落花。

⑤零落:稀疏,稀稀落落。

⑥谁与共:与谁在一起。

⑦兰桂:兰和桂。二者皆有异香,比喻美才盛德或君子贤人。

⑧天之涯:香气远溢。这里比喻影响深远。

⑨盈盈:形容清澈。

⑩魂牵:心之所有。

⑪梦萦:梦之所见。

⑫水中影:比喻虚无、虚幻。

天香子①·谷雨

2014 年 4 月 20 日

暮雨潇潇,华灯涤照②,谷雨阵阵春鼓③。天润八塬④,地青七川⑤,共迎三春朝露。烟柳层次,又见得、北湖⑥新出。惊天动地变换,不再沧桑满目。

曾经豪情自负,总教人、青春相付。寻梦名城古道,意宣⑦蓝图,岁岁年年新书⑧。凝华月、尽是灵动处,冬去春来,陇原⑨之珠。

注释:

①天香子:即词牌天香。此调以贺铸《东山乐府》为准。九十六字,前片四仄韵,后片六仄韵。

②华灯涤照:璀璨的灯光照耀下,街道像刚刚用水清洗过一样。

③春鼓:节气变换的鼓声。

④八塬:会宁地形称七沟八塬九道梁。

⑤七川:同上,指七沟。

⑥北湖:指会宁北湖水库。

⑦意宣:梦想。中国梦,会宁梦,城市梦。

⑧新书:新的变化。

⑨陇原:指甘肃。陇,甘肃的简称。

武陵春^①·恋秋

2011 年11 月 26 日

  风卷残花叶已尽,寒鸦上枝头。哀婉凄觅声声休,秋随时光流。

  梦里西山红叶好,明日谁与游?纵然挽秋不见秋^②,又何必,许多愁。

注释:

①武陵春:词牌名。另作《武林春》,又以贺铸词中引用李白《清平调》"云想衣裳花想容"句,别名《花想容》。双调小令,《填词名解》云:取唐人方干《睦州吕郎中郡中环溪亭》诗"为是仙才登望处,风光便似武陵春"。其名源出东晋陶潜《桃花源记》"晋太元中,武陵人捕鱼为业"语,故名。以毛滂词为正体,正体双调四十八字,上下阕各四句三平韵。李清照词为其变体,此变体下阕末

·223·

句添一字,双调四十九字,上下阕亦四句三平韵。万俟咏词亦为其变体,此变体上下阕除首句外,每句皆添一字,双调五十四字,上阕四句三平韵,下阕四句四平韵。

　　②挽秋不见秋:想留住秋天,却又没有留住,仍然见不到秋天。

望海潮①·桃花山②

2012 年 8 月 5 日

香客如织,梵音缭绕,桃岭庙会③繁华。烟霞流丹④,松院风动⑤,引来千万人家。石窟⑥绕北沙,廊桥⑦锁雨雾,翠幕无涯。秦天第一⑧,胜国仙淙⑨,罗王塔⑩。

月白风清俱嘉,看三院庙宇⑪,十里灯花。圣祠⑫还愿,老腔⑬透夜,王侯将相娇娃⑭。明月渡云海,山风醉禅林,灵泉⑮为卦。谁将此地好景,说与众人夸。

注释:

①望海潮:词牌名,为北宋词人柳永所创。一百零七字,双调,前片五平韵,后片六平韵,一韵到底。也有于过片(下片的起句)二字增一韵的。以此作为词牌名的词还有秦观的《望海潮·洛阳怀古》、黄岩叟的《望海潮·梅天雨歇》等。

②桃花山：位于会宁县城城东南，山起三峰，主峰横枕震东，海拔 1944 米，两翼呈北南、西南走向。其势若鲲鹏展翅，待冲云霄；其色艳似桃花绽红，烟霞流丹，故名桃花山。自宋、金以来，历朝历代在山上修建庙宇，开凿石窟，装点景观，现有洞窟 14 窟，庙宇建筑 20 余座，集风景与宗教于一体。山门上高悬着赵朴初亲笔题写的"桃花山"匾额，各庙宇还悬有赵朴初、书法家黎泉、吴廷富、朱德昕、刘学谱的手笔，为桃花山平添了几许秀色。据说汉武帝等历史人物都曾登此山，《水经注》中记载："桃花山，其色润如桃。"会宁自古干旱，唯有此山一枝独秀，是到会宁旅游不可不去的名胜。现为省级森林公园，国道 312 线从山脚下通过，为游客提供了极大的方便。

③桃岭庙会：即会宁桃花山庙会，是会宁及周边地区香火最鼎盛、规模最大、参与群众人数最多、流传影响最广泛的民间民俗活动之一，是以民间信仰为主要内容的民间群众性活动和民间文化活动，以香客们祭祀佛、道，祈福禳灾、求子嗣、祛病痛、求吉祥平安为主要形式的民俗活动。每年的农历六月十九日是正会日，届时，会宁、通渭、榆中、定西、静宁、兰州、靖远等地的香客信士云集，烧香拜祭，祈求平安。在多年的活动中，已形成一整套约定俗成的程式，是研究陇中民俗学、乡土社会学的重要载体。

④烟霞流丹：会宁桃花山色艳似桃花绽红，称之为"烟霞流丹"。

⑤松院风动：会宁桃花山庙宇内苍松翠柏、树冠荫蔽，秋风阵阵、松涛声声。

⑥石窟：会宁桃花山人文景观丰富，自宋代以来，历朝历代在

山上开凿石窟有十四处之多。

⑦廊桥:会宁桃花山大圣殿与二仙台皆凿岩成室,外衔悬柱飞檐,各抱地势,若栈道昨日临空。

⑧秦天第一:桃花山石壁上的摩崖石刻,刻于明万历三十六年,四字各二尺八寸见方。

⑨胜国仙淙:桃花山石壁上的摩崖石刻,元顺帝至正八年时会宁知县吕南题,四字均三尺三寸见方。

⑩罗王塔:桃花山观音禅院西侧有浮屠七级,石额曰"罗罗王塔",元代古塔。

⑪三院庙宇:指桃花山上的萧曹祠、松月楼、龙神祠。

⑫圣祠:指桃花山方神龙神祠。

⑬老腔:秦腔中有一种唱法称为老腔。这里指唱秦腔大戏。

⑭王侯将相娇娃:戏剧中的人物。

⑮灵泉:指桃花山龙神祠前黑爷沟里的泉水。每年早春,泛水流溢,附近农民以泉水流量大小,预卜当年庄稼丰歉,是桃花山八景之一。

梧叶儿①·大河②

2013 年 3 月 7 日

月夜听涛去,心随涛声游,大河向东流。依稀笙歌店③,梦幻萧舞秋④,飘零一叶舟⑤。水车哗哗南渡口⑥。

明月几时有,水流何日休,月增大河秀。已是三更旬⑦,未见两枝荻⑧,水月一望收。 涛声绵绵人依旧。

注释:

①梧叶儿:元代的一种曲牌格式。貌似元人小令,实则曲也。但其词未至俚鄙,故并采入以备体。代表作品是元代文学家杨朝英的《夜雨》。

②大河:指黄河。

③笙歌店:指兰州黄河岸边的歌厅酒吧。

④萧舞秋:指萧瑟的秋天。

⑤一叶舟:黄河上的一只小船。

⑥南渡口:黄河南岸边的水车园渡口。

⑦甸:指郊外的地方。

⑧荻:指一种蒿类植物。

西江月①·早春

2013 年 2 月 27 日

午间窗外惊鹊,梦里依稀鸣蝉。暖春艳阳盼丰年,塘坝盈盈几片。

男儿打工在外,老妪②耕种山前。小牛吃草田道边,老牛坡下忽见。

注释:

①西江月:词牌名,原唐教坊曲,用作词调。又名《白苹香》《步虚词》《晚香时候》《玉炉三涧雪》《江月令》,另有《西江月慢》。还有同名歌曲《西江月》。作品别名《白苹香》《西江月慢》。《乐章集》注:中吕宫。欧阳炯词,有"两岸苹香暗起"句,名《白苹香》;程垓词,名《步虚词》;王行词,名《江月令》。调名取自李白《苏台览古》"只今唯有西江月,曾照吴王宫里人"。《乐章集》《张子野词》并入

"中吕宫"。清季敦煌发现唐琵琶谱,犹存此调,但虚谱无词。兹以柳永词为准。五十字,上下片各两平韵,结句各叶一仄韵。沈义父《乐府指迷》:"西江月起头押平声韵,第二、第四句就平声切去,押侧声韵,如平韵押'东'字,侧声须押'董'字、'冻'字方可。"

　　②老妪:老婆婆。

虞美人①·秋分②

2010 年 9 月 20 日

　　秋高气爽有时了,昼夜知多少。丹桂③飘香又秋分,竟然果香菊黄④大忙中。

　　闺房绣女应犹在,只是粉妆改⑤。嫁女再羞几时羞,未见秋水还在秋水流。

注释:

①虞美人:唐教坊曲。《碧鸡漫志》卷四:"《脞说》称起于项籍'虞兮'之歌。予谓后世以此命名可也,曲起于当时,非也。"又称:"旧曲三,其一属'中吕调',其一属'中吕宫',近世又转入'黄钟宫'。"兹取两格,一为五十六字,上下片各两仄韵,两平韵。一为五十八字,上下片各两仄韵,三平韵。

②秋分:农历二十四节气中的第十六个节气,时间一般为每

年的 9 月 22 或 23 日。南方的气候由这一节气始入秋。太阳在这一天到达黄经 180°，直射地球赤道，因此这一天 24 小时昼夜均分，各 12 小时；全球无极昼极夜现象。秋分之后，北极附近极夜范围渐大，南极附近极昼范围渐大。

③丹桂：又名木樨、桂花。常绿乔木，雌雄异株，叶长椭圆形，开橘红色花，香味很浓，树冠圆球形，枝条峭立，紧密度中等。树皮浅灰色，皮孔圆或椭圆形，数量中等，是珍贵的观赏植物。分布于长江流域及其以南地区北亚热带落叶、常绿阔叶混交林区。花为名贵香料，并作食品香料。

④果香菊黄：比喻到了秋天丰收季节，最忙的时候。

⑤粉妆改：指秋天大忙季节不再化妆了。

虞美人·蕉声

2015 年 7 月 19 日

京畿①陇右②伏③孰④旱？牵挂知多少。轩窗⑤昨夜打蕉声⑥，恍若⑦青青芦粟⑧夏雨中。

荒塬⑨老树⑩今犹在，尚未容颜⑪改。雨涤⑫愁绪更添愁，何时小桥流水⑬水长流？

注释：

①京畿（jīng jī）：国都及其附近的地区。京畿一词出现于唐朝之前，意即"位于国之中央的都城"，当时将唐长安城周边地区分为京县（赤县）和畿县，京城所管辖的县为赤县，京城的旁邑为畿县，统称京畿。中国唐时有京畿道，宋时有京畿路。今天指北京及其周边地区。

②陇右：指甘肃。"陇右"最早约出现于汉末魏初，但溯其渊

源,"陇右"一词则由陕甘界山的陇山或曰六盘山而来。古人以西为右,故称陇山以西为陇右。古时也称陇西。唐太宗贞观元年(687年),分全国为十道,开创了中国政区史上道和府的建制。唐初贞观年间,将全国划分为关内、河南、河东、河北、山南、陇右、淮南、江南、剑南、岭南等十道。开元年间又将山南、江南各分东西,并增置京畿、都畿、黔中道,形成十五道的格局。道下又设州。唐代以东起陇山,西达沙洲的地域始设陇右道。其地域包括今甘肃、新疆大部分地区和青海湖以东地区。唐睿宗景云二年,以黄河为界东设陇右道,黄河以西地域设河西道。至此,"陇右"作为地域范围,就有了广义、狭义之分。广义的陇右等同于"十道"时期的陇右道辖域,狭义的陇右指今甘肃省黄河以东、青海省青海湖以东至陇山的地区。陇山以东的平凉、庆阳二市,习称陇东,就其隶属关系和历史文化传统而言,与陇右地区颇多相似,故也属"陇右"。陇右地区位处黄土高原西部,界于青藏、内蒙古、黄土三大高原结合部,自然条件独特;历史上无论是政区划分、民族分布、人口构成还是经济形态、民风民俗,均有较多联系和相似之处,是一个相对完整的自然、人文地域单元。这一区域既是历史上中西文化与商贸交流的通道——丝绸之路的必经之地,又是历代中原王朝经营西域、统域西北边防的前沿地带。在这块神奇的土地上,孕育并由当地各族人民创造、传承的陇右文化,就其渊源之久远,成分之复杂,内涵之丰富,特色之鲜明和作用之独特,地位之重要而言,是同其他地域文化齐名的又一典型地域文化。《资治通鉴》记载"天下富庶者无如陇右"。

③伏:指三伏。

④孰:哪个。

⑤轩窗:窗户。唐代孟浩然《同王九题就师山房》诗:"轩窗避炎暑,翰墨动新文。"宋代陆游《游锦屏山谒少陵祠堂》诗:"城中飞阁连危亭,处处轩窗临锦屏。"

⑥打蕉声:雨打芭蕉的声音。

⑦恍若:好像,仿佛。宋代叶适《医工叹重赠柳山人》诗:"一身尽异形质变,恍若土木徒人言。"

⑧芦粟:玉米的别称。

⑨荒塬:指黄土高原。

⑩老树:指黄土高原上的小老树,因气候干旱、雨水稀少,生长缓慢,几十年也未长起来,俗称"小老树"。

⑪容颜:这里指面貌。

⑫雨涤:大雨洗涤。

⑬小桥流水:这里代指江南景色。

一剪梅①·红歌②

2011 年 7 月 6 日

　　铁血红歌忆旧秋③。唤醒中华,南湖兰舟④。苍茫大地⑤路何在? 举旗⑥几时,罗霄山头⑦。

　　残阳映照大江流。放飞思绪,留住患忧。走向复兴⑧看今朝,你修天路⑨,我献石油⑩。

注释:

①一剪梅:词牌名,双调小令,六十字,上、下片各六句,句句平收,叶韵则有上、下片各三平韵、四平韵、五平韵、六平韵数种,声情低抑。亦有句句叶韵者,如《一剪梅·温州》:"人说繁华比帝乡,馆厦皇皇,道路皇皇。山川瑰丽胜苏杭,楼外花香,楼里人香。 攘往熙来富贵商,天上机航,水上舟航。王孙到此也牵肠,欲把他乡,落作家乡。"此调因周邦彦词起句有"一剪梅花万样娇",

· 237 ·

乃取前三字为调名。又韩淲词有"一朵梅花百和香"句,故又名《腊梅香》,李清照词有"红藕香残玉簟秋"句,故又名《玉簟秋》。《词谱》以周邦彦、吴文英词为正体。周词为上下片各六句三平韵,即起句、第三句和结句用韵。梦窗词为上下片各六句,四平韵,即起句,三、四句和结句用韵。另一体为每句用韵,如蒋捷、张炎词。另有五十八字、五十九字两体。此调以一个七言句带两个四言句,节奏明快。

②红歌:红色歌曲,以革命战争年代和歌颂新时代为主题的歌曲。

③旧秋:指革命战争年代。

④南湖兰舟:位于嘉兴市南湖区,规划区域总面积 276.3 公顷,其中水域面积 98 公顷。南湖因地处嘉兴城南而得名,与西南湖合称鸳鸯湖。南湖是江南三大名湖之一,素来以"轻烟拂渚,微风欲来"的迷人景色著称于世。周围绿树环绕,令人神清气爽、心旷神怡。1921 年 7 月底,中国共产党第一次全国代表大会在南湖的一艘画舫上完成了最后的议程,并宣告中国共产党成立。南湖从此成为党的诞生地,全国人民向往的革命圣地,中国红色旅游之源。南湖风景名胜区是国家 5A 级景区、全国红色旅游经典景区、华东旅游线上著名的旅游区、全国百个爱国主义教育示范基地之一。同时,南湖风景区也是浙江省党员教育基地、廉政文化基地和诚信景区。

⑤苍茫大地:指中国的命运和道路。

⑥举旗:指秋收起义和南昌起义。

⑦罗霄山头:指井冈山革命根据地。

⑧复兴:衰落后再兴盛起来。这里指红色歌曲《走向复兴》。

⑨天路:这里指红色歌曲《天路》。

⑩我献石油:这里指红色歌曲《我为祖国献石油》。

渔家傲^①·秋意

2011 年 8 月 20 日

　　塬上^②秋来风景异,南来雁儿^③去无意。满眼青翠连绵起,山川里,谷黄荞红^④遥无际^⑤。

　　清酒一杯庭院里,父子夜话聊生计^⑥。秦声^⑦阵阵露满地,人不寐,柴门犬吠月未闭^⑧。

注释:

①渔家傲:词牌名,双调六十二字,仄韵,北宋流行,有用以作"十二月鼓子词"者,也是曲牌名,南北曲均有。南曲较常见,属中吕宫,又有二:其一字句格律与词牌同,有只用半阕者,用作引子;另一与词牌不同,用作过曲。《渔家傲》不见于唐、五代人词,至北宋晏殊、欧阳修、范仲淹则填此调独多。《词谱》卷十四云:"此调始自晏殊,因词有:神仙一曲渔家傲,取以为名。"

②塬上：黄土高原地区称塬，这里指会宁县。

③南来雁儿：每年根据季节栖息的大雁。

④谷黄荞红：谷子黄了，荞花开了，指雨水多庄农收成有望。

⑤遥无际：远远地看不到边，粮食多。

⑥聊生计：计算全年收入，筹划来年。

⑦秦声：秦腔。

⑧月未闭：月亮还没有落下去。

渔家傲·华家岭①

2012 年 8 月 4 日

霞光万丈红烂漫，云杉层叠连霄汉。密林深处枯叶暗，根难断，左柳烟雨②谁人赞？

百年大道③早入甘，厉水④波涛起党岘⑤。毛坪⑥雄鸡⑦千百万，君不见，华家岭上风车⑧转。

注释：

①华家岭：位于甘肃省中部，覆盖通渭县西北部，安定区东南部，会宁县南部，静宁县西北部。境内沟谷纵横，岭梁交错，属二阴温寒山区，最高海拔 2445 米，年平均气温 3.4℃，无霜期 80 天，平均年降雨量 500 毫米。1940 年，我国当代文学家矛盾曾经路过华家岭，写下散文《风雪华家岭》，后收集于《矛盾散文集》卷四《战时生活剪影》。

②左柳烟雨:清左宗棠所植柳树,世称左公柳。

③百年大道:经过华家岭的 312 国道。

④厉水:厉河之水,发源于华家岭。

⑤党岘:华家岭上一地名,即会宁县党家岘乡。

⑥毛坪:即会宁县党家岘乡毛坪村。

⑦雄鸡:即党家岘乡毛坪村养殖的生态鸡。

⑧风车:华家岭风电。

渔家傲·祈雨①

2013 年 4 月 18 日

魂如云涛②心锁雾,唤得东风与天舞。仿佛疾飞叩龙所③,怜黎庶,几时降雨来我处?

为民请命嗟④时暮,祈雨当惊龙宫殊⑤。东海龙王旗大举⑥,雨休住,泽及苍生毋踌躇。

注释:

①祈雨:对雨水的期盼。

②魂如云涛:内心像云海与波涛一样起伏不定。比喻心情焦虑。

③龙所:龙宫。传说东海龙王掌管下雨之事。

④嗟:感叹。

⑤殊:特别。

⑥东海龙王旗大举:指东海龙王降雨。大旗,降雨的神器。

渔家傲·增雨①

2013 年 4 月 18 日

浓云排空②连雨雾,气势如潮共天舞③。层层叠叠居无所,为黎庶,几点新雨向何处?

恰遇好机④未觉暮,人工增雨⑤谁言殊⑥。彩虹透夜⑦兴壮举,留不住,弹惊四野⑧莫踌躇。

注释:

①增雨:这里指人工增雨。

②浓云排空:指适于人工增雨的天气。

③共天舞:与天气一起行动。

④好机:适合人工增雨的好机会。

⑤人工增雨:指人工降水。就是根据不同云层的物理特性,选择合适时机,用飞机、火箭向云中播撒干冰、碘化银、盐粉等催化

剂,使云层降水或增加降水量,以解除或缓解农田干旱、增加水库灌溉水量或供水能力,或增加发电水量等。

⑥殊:不同。

⑦彩虹透夜:指人工降水发射的火箭弹形成的火光。

⑧弹惊四野:指人工降雨发射火箭弹时发出的呼啸声。

渔家傲·习书①

2013 年 11 月 16 日

笔走龙蛇②锋细细,万般烟雨③翰墨里。仙风道骨胸中起,飘无际,滚滚长江东逝水。

古来成名能有几? 摹透兰亭④为生计 。长安街头东西市⑤,未曾醉,文人骚客点点泪。

注释:

①习书:练习书法。

②笔走龙蛇:书法的多种形态。

③万般烟雨:书法的多种意象。

④兰亭:指《兰亭集序》,又名《兰亭宴集序》《兰亭序》《临河序》《禊序》和《禊贴》。东晋穆帝永和九年(353 年)三月三日,王羲之与谢安、孙绰等四十一位军政高官,在山阴(今浙江绍兴)兰亭

"修禊",会上各人作诗,王羲之为他们的诗写的序文手稿。《兰亭序》中记叙兰亭周围山水之美和聚会的欢乐之情,抒发作者对于生死无常的感慨。

⑤长安街头东西市:唐时,长安街曾有东市和西市两个集贸市场。

忆秦娥①·秋思

2012 年 10 月 21 日

梦依旧,凤城②烟雨钟鼓楼③。钟鼓楼,牛耕原野,雁鸣霜秋。

飞檐④翘首晨钟起,风铃⑤侧耳暮鼓奏。暮鼓奏,风住雨留⑥,尽在心头。

注释:

①忆秦娥:词牌名。双调,共四十六字,有仄韵、平韵两体。仄韵格为定格,多用入声韵,上下片各三仄韵一叠韵。世传唐代伟大诗人李白首制此词,中有"秦娥梦断秦楼月"句,故名。别名甚多,有"秦楼月""碧云深""双荷叶"等。代表作品除《忆秦娥·箫声咽》外,尚有李清照《忆秦娥·临高阁》与贺铸《忆秦娥·映朦胧》等。

②凤城:据《会宁县志》记载,会宁县城形似凤凰展翅,曾称为"凤城"。

③钟鼓楼:指会宁县城钟鼓楼。

④飞檐:中国古代汉族传统建筑檐部形式,屋檐特别是屋角的檐部向上翘起。多指屋檐特别是屋角的檐部向上翘起,若飞举之势,常用在亭、台、楼、阁、宫殿、庙宇等建筑的屋顶转角处,四角翘伸,形如飞鸟展翅,轻盈活泼,所以也常被称为飞檐翘角。飞檐为古代汉族建筑民族风格的重要表现之一,通过檐部上的这种特殊处理和创造,不但扩大了采光面,有利于排泄雨水,而且增添了建筑物向上的动感,仿佛是一种气将屋檐向上托举,建筑群中层层叠叠的飞檐更是营造出壮观的气势和中国古建筑特有的飞动轻快的韵味。

⑤风铃:钟楼、鼓楼、佛殿、宝塔等檐下悬挂的铃,风吹时摇动发出声音。风铃用于建筑居家的风水堪舆之上,是利用风铃声的好韵,改变环境空间磁场,以招来好运,所以中国人认为悬挂风铃是要看方位。中国古人悬挂风铃,实用性高过装饰性,以"风吹玉振"的声音,达到警示、静心养性或祈福的目的。

⑥风住雨留:指经过的岁月与流年往事。

忆秦娥·月夜

2015 年 6 月 21 日

无晦^①月,楼台^②清澈檐^③敷^④雪。檐敷雪,小桥流水,大山执钺^⑤。

风清月白良宵^⑥节^⑦,天宽地阔从头越^⑧。从头越,踏歌起舞^⑨,化丘^⑩成阙^⑪。

注释：

①晦：昏暗不明。

②楼台：指钟鼓楼。

③檐：形声。从木，詹声。本义：屋檐。

④敷：布置，铺开，摆开。

⑤钺：古代一种汉族兵器，青铜或铁制成，形状像板斧而较大。《史记》"汤自把钺以伐昆吾"。

⑥良宵:美好的夜晚。

⑦节:节日。本词指父亲节。

⑧越:度过,超出。

⑨踏歌起舞:本义是按照音乐节奏跳舞。这里引申为按照既定的目标做事。

⑩丘:小土山。

⑪阙:宫门前两边的瞭望楼;帝王的住所。这里指城市。

玉楼春①·无题

（2013 年 4 月 13 日）

　　春寒临风莫说寒，季末②休要说寂寞。矢志须咽伤心泪，此情不关道③与佛④。

　　无风能起三尺尘，有水可扬千里波。一朝看尽古城花⑤，填入子瞻⑥东风破⑦。

注释：

　　①玉楼春：词牌名。词谱谓五代后蜀顾敻词起句有"月照玉楼春漏促""柳映玉楼春欲晚"句；欧阳炯起句有"日照玉楼花似锦""春早玉楼烟雨夜"句，因取以调名（或加字令）亦称《木兰花》《春晓曲》《西湖曲》《惜春容》《归朝欢令》《呈纤手》《归风便》《东邻妙》《梦乡亲》《续渔歌》等。双调五十六字，前后阕格式相同，各三仄韵，一韵到底。

②季末：指季节转换。

③道：发展的道路。

④佛：这里借指老百姓。

⑤古城花：古城的发展变化。古城，指会宁县城。

⑥子瞻：即苏轼（1037—1101年），字子瞻，又字和仲，号东坡居士，宋代重要的文学家，唐宋八大家之一，宋代文学最高成就的代表之一。汉族，北宋眉州眉山（今属四川省眉山市）人。嘉祐（宋仁宗年号）年间（1056—1063年）进士。其文汪洋恣肆，豪迈奔放，与韩愈并称"韩潮苏海"。其诗题材广阔，清新雄健，善用夸张比喻，独具风格，与黄庭坚并称"苏黄"。词开豪放一派，与辛弃疾同是豪放派代表，并称"苏辛"。又工书画。有《东坡七集》《东坡易传》《东坡乐府》等。

⑦东风破：本是古琵琶曲，宋人用作词牌。苏东坡有词《东风破》："一盏离愁，孤单窗前自鬓头。奄奄门后，人未走。月圆寂寞，旧地重游。夜半清醒泪，烛火空留。一壶漂泊浪迹天涯难入。君去后，酒暖思谁瘦。水向东流，三春如梦向谁偷？花开却错，谁家琵琶东风破。岁月流离，不解时候，仍记总角幼。琴幽幽，人幽幽，琵琶一曲东风破，枫染红尘谁看透？篱笆古道曾走，荒烟漫草年头。分飞后。"因此词未收入宋词集中，后人对是否出自东坡居士存疑。

玉楼春·处暑①

2013 年 8 月 23 日

　　处暑时节谷渐黄,苦荞②引得蜂疏狂。红花槐③上不见花,空留绿叶对斜阳。

　　莫怨人生论短长,昨夜已觉秋气凉。一场秋雨一场寒④,应知白露⑤渡秋霜。

注释:

　　①处暑:二十四节气之中的第十四个节气,在 8 月 23 日前后,太阳到达黄经 150°。《月令七十二候集解》:"七月中,处,止也,暑气至此而止矣。"此后中国长江以北地区气温逐渐下降。处暑的"处"是指"终止",处暑的意义是"夏天暑热正式终止"。所以有俗语说:争秋夺暑,是指立秋和处暑之间的时间,虽然秋季在意义上已经来临,但夏天的暑气仍然未减。

②苦荞:荞麦的一种。苦荞是自然界中甚少的药食两用作物,据《本草纲目》记载:苦荞味苦,性平寒,能实肠胃,益气力,续精神,利耳目,炼五脏渣秽;在《千金要方》《中药大辞典》及相关文献中对苦荞都有记载:可安神、活气血、降气宽肠、清热肿风痛、祛积化滞、清肠、润肠、通便、止咳、平喘、抗炎、抗过敏、强心、减肥、美容等功效。

③红花槐:即毛刺槐,又称毛洋槐、江南槐。落叶乔木或灌木,花冠玫瑰红或淡紫色,茎、小枝、花梗和叶柄均有红色刺毛,叶片与刺槐相似,奇数羽状复叶互生,广椭圆形,先端钝而有小尖头。节水耐旱,对高温、水涝的抗逆性较强,可应用范围较一般的节水耐旱植物更为广泛。

④一场秋雨一场寒:每当秋天来临的时候,一股股冷空气从西伯利亚南下进入我国大部分地区,当它和南方正在逐渐衰退的暖湿空气相遇后,便形成了雨。一次次冷空气南下,常常造成一次次的降雨,并使当地的温度一次次降低。常常形成秋雨连绵,下个不停。我国民间流传着"一场春雨一场暖,一场秋雨一场寒"的谚语。

⑤白露:二十四节气的第十五个节气,此时气温开始下降,天气转凉,早晨草木上有了露水。每年公历的 9 月 7 日前后是白露。我国古代将白露分为三候:"一候鸿雁来;二候玄鸟归;三候群鸟养羞。"说此节气正是鸿雁与燕子等候鸟南飞避寒,百鸟开始贮存干果粮食以备过冬。可见白露实际上是天气转凉的象征。每年 9 月 8 日前后太阳到达黄经 165°时,交白露节气。白露是反映自然界气温变化的节令。露是"白露"节气后特有的一种自然现象。

此时的天气,正如《礼记》中所云的:"凉风至,白露降,寒蝉鸣。"据《月令七十二候集解》对"白露"的诠释——"水土湿气凝而为露,秋属金,金色白,白者露之色,而气始寒也"。古人在《孝纬经》中也云:"处暑后十五日为白露",阴气渐重,露凝而白也。

雨霖铃①·秋初

2013 年 8 月 16 日

秋初雨切,横早竖晚②,暮蔼方歇。怅望旷野无绪,好去处,遍地华发③。薄雾淡淡迷眼,似江流去也。看夕阳,千丈红波,光焰闪闪满天阔。

立秋何必有离别,更何况,未过中秋节④。今生追寻何处? 黄土地,夏夜秋月。时序经年⑤,尽是绿肥红瘦⑥新设⑦。将此地万种风情⑧,且与众人说。

注释:

①雨霖铃:词牌名,也写作《雨淋铃》。相传唐玄宗入蜀时因在雨中闻铃声而思念杨贵妃,故作此曲。曲调自身就具有哀伤的成分。宋代柳永的《雨霖铃》最为有名,而其中的"多情自古伤离别,更那堪、冷落清秋节"一句更成为千古名句。马嵬兵变后,杨贵妃

缢死,在平定叛乱之后,玄宗北还,一路戚雨沥沥,风雨吹打皇銮的金铃上,玄宗因悼念杨贵妃而作此曲。《碧鸡漫志》卷五引《明皇杂录》及《杨妃外传》云:"明皇既幸蜀,西南行,初入斜谷,霖雨弥旬,于栈道雨中闻铃,音与山相应。上既悼念贵妃,采其声为《雨霖铃》曲,以寄恨焉。时梨园弟子惟张野狐一人,善筚篥,因吹之,遂传于世。"这也就是词牌《雨霖铃》的由来。

②横早竖晚:这里指雨多,早也下,晚也下。

③华发:这里指绿草如茵。

④中秋节:又称月夕、秋节、仲秋节、八月节、八月会、追月节、玩月节、拜月节、女儿节或团圆节,是流行于中国众多民族与东亚诸国中的传统文化节日,时在农历八月十五;因其恰值三秋之半,故名,也有些地方将中秋节定在八月十六。中秋节始于唐朝初年,盛行于宋朝,至明清时,已与元旦齐名,成为中国的主要节日之一。受汉族文化的影响,中秋节也是东南亚和东北亚一些国家尤其是生活在当地的华人华侨的传统节日。自 2008 年起中秋节被列为国家法定节假日。国家非常重视非物质文化遗产的保护,2006 年 5 月 20 日,该节日经国务院批准列入第一批国家级非物质文化遗产名录。

⑤时序经年:同一个季节又经过了一年。

⑥绿肥红瘦:植物生长茂盛。

⑦新设:新的样子。

⑧万种风情:优美的风景和新的发展变化。

一丛花①·山杏

2013 年 10 月 22 日

　　无限江山意无穷,川塬秋更浓。经霜杏林红叶乱②,看阡陌,流丹朦胧③。欲说逍遥,牵牵未断,何处觅新踪?

　　秋雨连绵水溶溶,古道小桥通。落叶飘零黄昏后,炊烟袅袅万千重。望穿秋思,满眼山杏,化蝶舞东风。

注释:

　　①一丛花:即一丛花令,是北宋著名的词人张先所作的一首词。这首词的内容主要叙述了一位女子在其恋人离开后独处深闺的相思和愁恨,词的结尾两句,通过形象而新奇的比喻,表现了女主人公对爱情的执着、对青春的珍惜、对幸福的向往、对无聊生活的抗议、对美好事物的追求,是历来传诵的名句。

　　②红叶乱:红叶多而飘散。

③流丹朦胧:红叶映出的景色朦朦胧胧。

宴清都^①·三月

2014 年 3 月 31 日

嫩柳黄玉管,清雨薄,桃白杏红春乱。凤城次第^②,祖厉水合,东山阳暖。幽幽香林雪泮^③,烟尘里,汉唐^④变换。季如眉,紧锁时堤^⑤,怎奈已是新苑^⑥。

又闻田园乡音,家燕掠影,年年重见。天街小雨,人间淡月,儿时庭院。沉沉思绪未断,意犹有,登高放眼。更那堪^⑦,阔海空天,渔舟唱晚。

注释:

①宴清都:词牌名。《清真集》《梦窗词集》并入"中吕调"。兹以吴文英词为准。双片一百〇二字,前片五仄韵,后片四仄韵。后片第六句以一字领下三字。

②次第:气派。

③泮:散,解,融化。

④汉唐:指会宁县城汉唐二十四节气文化休闲商业街。

⑤时堤:季节,节气。

⑥新苑:新的时节,新的变化。

⑦堪:能,可以,足以。这里是可以期盼的意思。

燕双飞①·望春风

2015 年 3 月 7 日

春又归,惊蛰②清寒③风雨催。转眼春风④时节,衰草尽褪⑤。湖岸旧苔⑥,堤柳烟中睡。弱阳⑦晴空燕双飞,斜影⑧掠轻波,剪得故园⑨三春晖。

春已归,杜宇啼血⑩声声追。半掩⑪芳菲,春不醉人人自醉。心意⑫如落花,世情⑬似流水。总把愁绪带复回。

轩窗静,星月垂⑭;梦依稀⑮,心相随。但见鬓发白,人依旧,今⑯已非,泪洒心碎。料得⑰其善所至⑱:犹⑲未悔⑳。

注释:

①燕双飞:《燕双飞》是一首 20 世纪 30 年代初面世的老歌。在后来的 30 年代后半期及 40 年代,因其内容动人,音调婉转,歌词优雅,深受青年知识分子乃至孩童的喜爱。1932 年,由天一影

片公司出品的《芸兰姑娘》影片,讲述了少女苏云兰的坎坷不幸遭遇。插曲《燕双飞》由高天栖词曲,女主角陈玉梅主唱。歌词全文是:"燕双飞,画栏人静晚风微。记得去年门巷,风景依稀。绿芜庭院,细雨湿苍苔,雕梁尘冷春入梦;且衔得芹泥,重筑新巢傍翠帏。栖香稳,软语呢喃话夕晖。差池双剪,掠水穿帘去复回。魂萦杨柳弱,梦逗杏花肥。天涯草色正芳菲。楼台静,帘幕垂;烟似织,月如眉。其奈流光速! 莺花老,雨风催,景物全非。杜宇声声唤道:不如归!"这篇新作是依照《燕双飞》的格式,填写的一首新词。

②惊蛰:农历二十四节气中的惊蛰。

③清寒:气候还未完全转暖,略有寒意。

④春风:农历二十四节气中的春风。

⑤衰草尽褪:往年的枯草已经逐渐褪去。

⑥旧苔:这里指往年的绿色痕迹。苔,隐花植物的一类,根、茎、叶的区别不明显,常贴在阴湿的地方生长。如青苔,苔藓,苔痕,苔原等。

⑦弱阳:初春时节,阳光明亮,但气温仍然偏低。

⑧斜影:燕子飞过留下的影子。

⑨故园:家园。

⑩杜宇啼血:杜鹃鸟,俗称布谷,又名子规、杜宇、子鹃。春夏季节,杜鹃彻夜不停啼鸣,啼声清脆而短促,唤起人们多种情思。如果仔细端详,杜鹃口腔上皮和舌部都为红色,古人误以为它啼得满嘴流血,凑巧杜鹃高歌之时,正是杜鹃花盛开之际,人们见杜鹃花那样鲜红,便把这种颜色说成是杜鹃啼的血。这里比喻春时催人。

⑪半掩：春半时节，春色遮遮掩掩。

⑫心意：心情。

⑬世情：世间的事物。

⑭垂：东西一头挂下。如垂杨柳，垂钓，垂直，垂线。"星月垂"指天快亮了。

⑮依稀：模模糊糊，不清晰。

⑯今：与以前相对。这里指世情景物都发生变化。

⑰料得：早就想到。

⑱其善所至：出自战国楚国爱国诗人屈原代表作品《离骚》，"……长太息以掩涕兮，哀民生之多艰；余虽好修姱以鞿羁兮，謇朝谇而夕替；既替余以蕙纕兮，又申之以揽茝；亦余心之所善兮，虽九死其犹未悔……"善：善爱，好的行为，珍爱，言行或理想。虽：虽然，即使，纵然。九：泛指多次或多数。意思是：这些都是我内心之所珍爱，就是让我九死（或多死）还是不后悔。表达作者为追求国家富强、坚持高洁品行而不怕千难万险、纵死不悔的忠贞情怀，后来人们在表达坚持理想、为实现目标而奋斗时常引用这一名句表达心志。

⑲犹：仍然，还。如犹然，记忆犹新。

⑳未悔：不会懊丧，不后悔。

鹧鸪天①·初冬

2011 年 11 月 22 日

　　天蓝土黄白云柔，枝疏叶落斜阳留。何须再寻碧绿色,寒雨②迷朦仍一流。

　　春定妒,夏应羞,腊梅开时似清秋。若待雪飘多遐思,何愁入冬不胜收?

注释:

①鹧鸪天:词牌名。双调,五十五字,押平声韵。也是曲牌名。南曲仙吕宫、北曲大石调都有。字句格律都与词牌相同。北曲用作小令,或用于套曲。南曲列为"引子",多用于传奇剧的结尾处。《鹧鸪天》还是一首民乐曲,胡琴演奏。

②寒雨:秋冬交替时节下的雨。

鹧鸪天·冬夜

2012 年 11 月 13 日

醉倚老树①惜丁香,总教游子莫疏狂②。清明树下眷③
春草,立冬④枝头望夕阳。

山渺渺,岭茫茫,塬⑤岔⑥交错叹路长。冬夜无月⑦对谁
语⑧,诗意化作泪千行。

注释:

①老树:多年生长的老树。因气候干旱,很难长成参天大树,
称为小老树。

②疏狂:道家哲学思想。亦作"疎狂"。亦作"踈狂"。指豪放,
不受拘束。唐代白居易《代书诗寄微之》:"疏狂属年少,闲散为官
卑。"

③眷:顾念,爱恋。如眷念,眷恋,眷顾。眷眷:依恋的样子。

④立冬:农历二十四节气之立冬。

⑤塬：我国西北黄土高原地区因流水冲刷而形成的一种地貌,呈台状，四周陡峭,顶上平坦(据《现代汉语词典》)。塬与墚、峁原为当地方言词,后引入地貌学,成为黄土高原几种地貌类型的正式名称。

⑥岔:山脉分歧的地方。如大沟小岔。

⑦无月:喻义为漆黑之夜。

⑧语:这里指诗句。

鹧鸪天·殇①逝

2013 年 3 月 14 日

东家②少年初长成,无学有术③见俊英。误走鹭城④身名闹,游子念母意太轻⑤。

妇已娩,夫飘零,未到而立思未清⑥。醉崩⑦妻离哀憾事,幼女乳儿⑧将何生?

注释:

①殇:本意是指没有到成年就死去。也即悲痛、创伤,悲哀、遗憾等。

②东家:本家,邻家。

③无学有术:意为非常聪明。

④鹭城:厦门因为有很多白鹭鸟在岛内外栖息,所以叫作鹭岛,也称为鹭城。

⑤意太轻:无思乡之意。

⑥思未清:想不清楚。

⑦崩:失事而亡。

⑧幼女乳儿:幼小之女和哺乳之子。

鹧鸪天·春分

2013 年 3 月 20 日

柳林深处小石墙,杨花轻飏^①入池塘。锦鸡^②斑斓七彩见(xiàn),槐花层叠十里香。

阳坡^③外,古道旁,扶犁吆喝^④赶斜阳。已耕春分三寸雨^⑤,还盼立夏一日凉^⑥。

注释:

①轻飏:轻轻飘扬。唐代杜牧《题禅院》诗:"今日鬓丝禅榻畔,茶烟轻飏落花风。"明代徐霖《绣襦记·遗策相挑》:"暖日散晴光,游丝轻飏,牵引残英,眷恋多情况。相逐东风上下狂。"毛泽东《蝶恋花·答李淑一》词:"我失骄杨君失柳,杨柳轻飏直上重霄九。"

②锦鸡:锦鸡是一种雉科动物,是学名白腹锦鸡、红腹锦鸡的统称。分布在陕西、西藏、四川、贵州、云南、广西等地,属国家二

级保护动物。这里指的是七彩山鸡,甘肃中部农村引进在林下养殖的一种生态肉蛋鸡。

③阳坡:向阳的山坡。

④吆喝:耕作时喊牲畜的调子。

⑤春分三寸雨:农历春分时下的一场小到中雨,农民抢墒耕种。

⑥立夏一日凉:到农历立夏时能够天凉再下透雨。

醉太平①·西岩山②

2012 年 6 月 13 日

　　夏浓意远,花黄绿浅③,满眼芳草酥风④软。蓝天白云
卷。

　　荒径曲折夕阳暖,红花槐⑤上红叶满。远山苍茫起炊
烟,夜归未觉晚。

注释:

①醉太平:词牌名,一名《凌波曲》。孙惟信词名《醉思凡》,周
密词名《四字令》。

②西岩山:甘肃会宁县城西山。

③绿浅:盛夏时节,百草蓬勃,过快生长,反而绿色变浅了。

④酥风:柔腻松软之态。夏日傍晚的微风,柔软轻灵而对人缠
绵。

⑤红花槐：毛刺槐，又称毛洋槐、红花槐、江南槐，原产北美。在我国西部地区大量引种。

醉花阴①·感怀

2013 年 4 月 15 日

长夜无寐待更漏②,艳阳添新愁。清明又谷雨,川塬③赤地④,未见凉雨透。

昨日北乡春种后,老妪⑤泪洒袖。倾诉⑥尽销魂⑦,满面风尘⑧,人比黄花瘦⑨。

注释:

①醉花阴:词牌名。初见于毛滂《东堂词》,词中有"人在翠阴中,欲觅残春,春在屏风曲。劝君对客杯须覆",词牌取义于此。全词重头五十二字,前后片各三仄韵。第三句用平脚不入韵,其余第一、四、五句用韵。前后片第二句五言句,前人有的用上二下三句式,有的用上一下四句式,还有的前后片分别用以上两种不同的句式,因此,此句形式可以灵活使用。通常以李清照《漱玉词》

为准。李清照《醉花阴》:"薄雾浓云愁永昼,瑞脑消金兽。佳节又重阳,玉枕纱厨,半夜凉初透。东篱把酒黄昏后,有暗香盈袖。莫道不消魂,帘卷西风,人比黄花瘦。"

②更漏:又称漏刻、漏壶。漏壶主要有泄水型和受水型两类。古时夜间凭漏壶表示的时刻报更,所以漏壶又叫更漏。漏壶是中国最古老的计时器。根据史书记载,周代时已有漏壶,到春秋时期,漏壶的使用已相当普遍。初期的漏壶只有一只壶,人们在壶中装上一枝有刻度的木箭。当水从壶底的小孔漏出时,壶中水位下降,木箭会随之下沉,观测刻箭上的水位,便知道是什么时间了。因此,数更漏就是计数水下降到漏壶中箭的哪一个刻度,也就是计数夜晚的时刻的意思。

③川塬:川地和塬地。这里意思是大范围。

④赤地:没有绿色,意为天气干旱,没有下雨。

⑤老妪:古代老妇人的自称。唐代杜甫《石壕吏》诗:"老妪力虽衰,请从吏夜归。"这里指农村老年妇女。

⑥倾诉:尽情诉说。

⑦销魂:形容悲伤愁苦的情状。

⑧风尘:灰尘。

⑨人比黄花瘦:比喻人非常消瘦和憔悴。

祝英台近^①·立夏

2014 年 5 月 6 日

　　两季分^②,夏已渡^③,长柳映北浦^④。依稀车辚^⑤,又离别清谷^⑥。路边点点花红,引眼相观,谁曾想、把春留住?

　　人无序^⑦。试问百草^⑧佳期^⑨,怅然^⑩生愁绪。夕阳黄昏,化作梦中语。天若有情重来,心归何处? 黄土地、冬来夏去。

注释：

　　①祝英台近:词牌名。又名《月底修箫谱》。始见《东坡乐府》。元高栻词入“越调”,殆是唐宋以来民间流传歌曲。南宋吴文英有《祝英台近·春日客龟溪游废园》:“采幽香,巡古苑,竹冷翠微路。斗草溪根,沙印小莲步。自怜两鬓清霜,一年寒食,又身在、云山深处。昼闲度。因甚天也悭春,轻阴便成雨。绿暗长亭,归梦趁飞

絮。有情花影阑干,莺声门径,解留我、霎时凝伫。"

②两季分:立夏是二十四节气中的第七个节气,表示即将告别春天,是夏天的开始。人们习惯上都把立夏当作是温度明显升高,炎暑将临,雷雨增多,农作物进入旺季生长的一个重要节气。

③渡:过去。

④浦:水边。

⑤车耧:即耧车、耧犁、耙耧,农具名,一种畜力条播机。西汉赵过作耧,已有两千多年历史。由耧架、耧斗、耧腿、耧铲等构成。有一腿耧至七腿耧多种,以两腿耧播种较均匀。可播大麦、小麦、大豆、高粱等。"依稀车耧",意思是立夏以后,播种基本结束,看不到播种的农夫了。

⑥清谷:清明和谷雨。

⑦序:指季节,四序。

⑧百草:各种草类,亦指各种花木。《庄子·庚桑楚》:"夫春气发而百草生,正得秋而万寶成。"

⑨佳期:生长的季节。

⑩怅然:失望,不痛快的样子。

五律·情系乡关

2011 年 5 月 19 日

5月18日至陇南文县学习考察，同行者有领导为文县人。文县欢迎者众多，涵盖社会各界层。相敬家乡酒，弹唱故乡曲，拉手叙旧，共话桑麻。场面之热烈，平生所鲜见。思之良久，感触颇深，随赋诗一首，聊表敬重之意。

少年离乡关，

卅载衣锦还。

浓浓文酒①绵，

滔滔白水②宽。

亲友夹道迎，

邻里翘首盼。

赤子故园情，

长歌难尽欢。

注释:

①文酒:纹党御酒,陇南文县出产的一种地方酒。纹党,中草药党参的一种,甘肃文县特产,中国国家地理标志产品,为甘肃四大名药之一。文县是纹党的原产地。纹党的野生家种始于清代同治年间,历史悠久。纹党以根入药,味清甜润嚼无渣,有细密横纹,通达根体过半是其外观主要特征,"纹"党由此而名。因有效药用成分含量居各类党参之首,而享有盛誉。

②白水:白水江,是嘉陵江上游最大的支流。白水江发源于甘川交界岷山山脉南端的弓杆岭,自西北向东南流经四川省九寨沟县和甘肃省文县,于文县玉垒乡关头坝汇入白龙江碧口水库。流域面积8316平方公里,干流全长296公里,其中四川境内189公里,甘肃境内107公里。

绝句·烟雨西湖

2012 年 6 月 28 日

六月西湖烟雨中，
夏荷初开妆未浓；
堤柳迷蒙芳草软，
满目温润山色空。

七律·无题

2013 年 4 月 14 日

惯看世情怜苍生，
怒驱恶浊意凛凛。
男儿为民可流泪，
赤子报国当尽心。
不论春夏秋冬曲，
哪管东南西北音。
中流击水三千里，
淘尽泥沙始见金。

古风·谷雨

2013 年 4 月 20 日

好雨未觉晚，
谷雨正当时。
抢墒春播忙，
谁言撒种迟。
稼禾每自长，
农妇泪难饬。
黄土似焦土，
老翁心火炙。
天雨润几何，
收成可自知？
岁岁苦如是，
春华冀秋实。

绝句·春景

2013 年 5 月 1 日

北国春晚柳半条，
纤手弄枝舒小腰。
一缕彩虹悬挂处，
翠袖飘过七色桥。

七律·伟人

2013 年 5 月 6 日

　　5 月 5 日，随中央党校中直机关学员参观毛主席纪念堂，有感。

少小离家志不同，
罗霄星火遍地红。
游击战术操胜算，
农村大略奠业功。
大江南北分田地，
长城内外露峥嵘。
秦皇汉武谁与共？
至今犹忆毛泽东。

七律·心河

2013 年 5 月 6 日

华夏伟人出韶山，
一代天骄若等闲。
唤起工农起火焰，
惊醒雄狮震宇寰。
人民解放四亿众，
旧约废除百十篇。
风流人物皆可数，
心河流过三十年。

五绝·晚秋

2013 年10 月 10 日

黄昏月色浅，
炊烟映晚霞。
耕牛半疲惫，
学童散归家。

绝句两首·杭州西溪

2013 年 10 月 25 日

（一）

竹篱茅舍小溪清，

百年古树柿子红。

草径迷离人如织，

芦花一簇秋正浓。

（二）

西溪温润碧水绕，

柳林深处小石桥。

箭竹层层秋草盛，

轻舟悠悠人缥缈。

后　记

　　印象中,我最早读词是在小学五年级。有一天,从父亲做木活的工具箱中,发现一本古书,繁体字,竖排本,中间横断,一个页面上下翻两次,看几页知道这是一本《水浒传》。当时,并不知道这《水浒传》是什么书,看了却是热闹非凡、引人入胜。等知道"四大名著"的概念,知道《水浒传》是中国四大名著之一,已经是上高中以后了。那时看过后,对第三十九回《浔阳楼宋江吟反诗,梁山泊戴宗传假信》这一回记忆较深。特别是宋江上梁山前,在浔阳楼上题写的一词一诗,还有抄写,当时觉得很有些意思。这是自己最早对诗词的感觉,而小学课文里学了什么诗什么词,真是没有一点记忆。一首词是《西江月》:"自幼曾攻经史,长成亦有权谋。恰如猛虎卧荒丘,潜伏爪牙忍受。不幸文刺双颊,那堪配在江州。他年若得报冤仇,血染浔阳江口。"一首五绝诗是:"心在山东身在吴,飘蓬江海谩嗟吁。他时若遂凌云志,敢笑黄巢不丈夫。"其实,这是作者施耐庵用特殊的内心独白方式,表现宋江命运发展的重大转折,反映宋江由义士到反叛的性格转变,特意安排的一首《西江月》和一首七绝。后来学习中国历史,学到唐朝末年黄巢起义,又读了黄巢《菊花台》:"待到秋来九月八,我花开后百花杀。冲天香阵透长安,满城尽带黄金甲。"还与宋江的诗作了比较,感觉是黄巢的诗意境气势更好一些。

　　初中一年级,第一节语文课也是正式学习的第一首词,就是毛主席词《浣溪沙·和柳亚子先生》:"长夜难明赤县天,百年魔怪舞翩跹,人民五亿不团圆。一唱雄鸡天下白,万方乐奏有于阗,诗人兴会更无前。"这时,才算对词有了正式的认识,也知道了词牌的概念。上初中时,同村上高中的表兄从县城高中学校的图书馆,给我借来了许多小说,其中就有《三国演义》。看《三国演义》,认真读了开篇词《临江仙》:"滚滚长江东逝水,浪花淘尽英雄。是非成败转头空。青山依旧在,几度夕阳红。白发渔樵江渚上,惯看秋月春风。一壶浊酒喜相逢。古今多少事,都付笑谈中。"对开篇词也作了抄录,至今印象很深,多年能背诵。以后知道,这首开篇词是明代文学家杨慎所作《廿一史弹词》第三段《说秦汉》的开场词,后毛宗岗父子评刻《三国演义》时将其放在卷首。再后来,又学习了大量的毛主席诗词,记忆较深的有:《沁园春·长沙》中"怅寥廓，问苍茫大地，谁主沉浮"，《沁园春·雪》中"俱往矣，数风流人物，还看今朝"，《卜算子·咏梅》中"风雨送春归，飞雪迎春到"，《清平乐·六盘山》中"不到长城非好汉"，《满江红·和郭沫若同志》中"四海翻腾云水怒，五洲震荡风雷激"，《采桑子·重阳》中"战地黄花分外香"，《忆秦娥·娄山关》中"雄关漫道真如铁，而今迈步从头越"，《渔家傲·反第一次大"围剿"》中"万木霜天红烂漫"，《西江月·井冈山》中"更加众志成城"，《七律·到韶山》中"为有牺牲多壮志，敢教日月换新天"。有些词句，每年在老家写春联时，也要写上几句。上高中时，自己曾在县城的新华书店买了一本上海古籍出版社繁体字版的《唐宋词一百首》，对其中张志和、晏殊、李清照、苏轼、辛弃疾等词人的词背会了不少。这样一路走来，自然就成了宋词爱好者。

上师范时，文学史老师给我们讲王国维的《人间词话》。其中讲到"古今之成大事业、大学问者，必经过三种之境界"，均是宋词名句。第一境是"昨夜西风凋碧树。独上高楼，望尽天涯路"。第二境是"衣带渐宽终不悔，为伊消得人憔悴"。第三境是"众里寻他千百度，蓦然回首，那人正在灯火阑珊处"。我认真查阅原词，分别出自晏殊的《蝶恋花》："槛菊愁烟兰泣露，罗幕轻寒，燕子双飞去。明月不谙离恨苦，斜光到晓穿朱户。昨夜西风凋碧树，独上高楼，望尽天涯路。欲寄彩笺兼尺素，山长水阔知何处？"柳永的《蝶恋花》："伫倚危楼风细细，望极春愁，黯黯生天际。草色烟光残照里，无言谁会凭阑意。拟把疏狂图一醉，对酒当歌，强乐还无味。衣带渐宽终不悔，为伊消得人憔悴。"辛弃疾的《青玉案·元夕》："东风夜放花千树，更吹落，星如雨。宝马雕车香满路。凤箫声动,玉壶光转,一夜鱼龙舞。蛾儿雪柳黄金缕,笑语盈盈暗香去。众里寻他千百度,蓦然回首,那人却在,灯火阑珊处。"当时,班里女同学王瑞琳书法非常好,作为励志词句,我还请她将"衣带渐宽终不悔,为伊消得人憔悴"全词写了一幅书法作品。其实,当时对这首词理解得并不全面。这本是一首思念伊人的词,特别是"衣带渐宽终不悔,为伊消得人憔悴"两句,把天下有情人彼此思念的真挚情感表达得淋漓尽致、荡气回肠,成为千百年来脍炙人口的名句。幸亏当时很单纯,没有男女之情的意思,否则就成了误会。那年暑假,自己还在书店买了一套唐弢主编的《中国文学史》,共四册,认真读了一编,特别对唐诗宋词和明清小说章节看得非常仔细。

　　参加工作多年,偶尔有填词,最早可追溯到 20 世纪 80 年代。自己的这些词作,大多数只是对宋词的一种模仿,表达的意境和思想也比较零散。若细细推敲,不是很规范,特别是平仄方面欠缺甚多。究其原因:其一,对宋词的格式和规范没有深入研究,系统钻研学习不够;其二,思想上也没有严格要求,认为过多讲究平仄会影响思想情感表达;其三,小学时四声没有学习好,无论是新韵还是旧韵,逐一查对嫌麻烦;其四,填词也是兴之所至,没有发表或者让他人欣赏的意思。近年,填词逐渐多了,有了一些积累,又有了编辑成书的想法,对平仄就开始考虑了。于是,又作了粗浅的学习,并在一些词中注意了,尽量使其规范一些。曾经,和一位善词的文友进行过沟通,探讨对现代词中平仄的认识和处理方法。这位文友却觉得不必拘泥于旧体词的平仄要求,只要表达意境好,按照词牌把韵脚做好,上下阕格式准确,读起来朗朗

上口,宽泛一些是可以的。《红叶词话》中,收录了近六年词作 120
多篇,其中的三分之一按照新词新韵规范了平仄,其他的作品保
持了原汁原味。如果硬性规范平仄,对意境词意影响很大,于是
就随之去也。在这些词的填写过程中,产生了许多自己认为有一
定意境的句子,有时还拿出来用到其他地方,自得其乐。如《暗
香·心雨》中"轩窗夜读,潇潇之竹意惬惬";《点绛唇·白露》中"荞
花落处,满地寒雨露";《蝶恋花·雨后》中"绿草如茵可舞鼓,牧羊
雪白听胡笳";《江城子·立秋》中"昨日初见荞花红,闻社戏,大登
殿";《减字木兰花·立夏》中"月夜丁香,化作远客诗几行";《临江
仙·酒禅》中"微雨禅佛心,天籁悟道宁";《柳梢青·二月二》中"闲
愁万千,风妆淡粉,春落谁家";《满江红·天梦》中"三十而立成锦
绣,五旬知命怀家国";《南歌子·冬韵》中"东岭迎紫微,桃峰接天
门,西山红叶觅白云";《南歌子·薄雨》中"昨日薄雨复斜阳,塬头
深处,柠条数枝黄";《菩萨蛮·正月》中"雪静烟花轻,月弦爆竹
盛";《菩萨蛮·初八夜》中"龙腾文星街,凤舞砚台家;仰望会师
塔,天光耀中华";《沁园春·古道名城》中"俱往矣,惟会宁有才,
于斯为盛";《清江引·初夏》中"柠条黄鹂鸣,青柏云雀叫,闻丁香
总教人醉倒";《如梦令·晚归》中"知谁,知谁,学童耕牛并回";
《山坡羊·西部》中"最是黄河三角处,良田万顷皆祖厉土。旱,百
姓苦;涝,百姓苦";《水调歌头·秋景》中"人民谱华章,大地起锦
绣";《诉衷情·古城秋色》中"西岩山下,秋雁南飞,厉水北流";
《武陵春·恋秋》中"纵然挽秋不见秋,又何必,许多愁";《望海潮·
桃花山》中"明月渡云海,山风醉禅林";《一剪梅·红歌》中"走向
复兴看今朝,你修天路,我献石油";《渔家傲·秋意》中"满眼青翠

连绵起,山川里,谷黄荞红遥无际";《忆秦娥·秋思》中"牛耕原野,雁鸣霜秋";《忆秦娥·月夜》中"踏歌起舞,化丘成阙";《醉太平·西岩山》中"荒径曲折夕阳暖,红花槐上红叶满"等等。这些词句,只有进入填词的境界中,才会随意而出,若专门去想几句,是想不出来的;即使勉强想出,也是没有意境的,因为这样想本身就不在意境之中。因此,本人始终认为,词的创作,意境是重中之重。好的意境,才有好的词句。至于平仄韵律,是一个基本功,熟练者自然不会有太大影响,不熟练者,可根据不同作者的实际情况而定。

为什么要强调词的意境?因为意境其实就是心境,也即心情。词是什么? 除了本身的格式而外,最主要的是所表达的思想,或对环境之描摹,或对人物之思念,或对心愫之表露,或对世情之慨叹,或对理想之述怀。词的格式音律是一种方式,用现在的话说是平台,用这一平台来表达词人的情感与思想,只不过这一平台是大家普遍认可和共同应用的罢了。回想我对词的感觉,受毛主席诗词影响最大。潜意识中,对词的印象是一种气势磅礴、壮志凌云、登高远望、志存高远的思想。其实,这是国民教育的结果。后来,自己读词,自己感悟,才逐渐认识了真正的宋词,认识了大美的宋词, 认识了忧伤的宋词。宋朝是一个富裕的朝代,又是一个充满忧伤的朝代。从宋词中我们感觉到,平民百姓在忧伤,达官贵人在忧伤,文人骚客们更是伤得才情四溢。所以,他们用最唯美的文字, 书写出人间最华丽的篇章。那里吹梅笛怨,染柳烟浓;那里斜阳万里,浊酒断肠。诗情也好,画意也罢,都融入一阕阕小调,在历史长河中泛起波澜,让千年后的人们为之忘情沉醉。生活富足的宋人为什么会忧伤？其实，那不是忧伤，是人性的开放，是人性的释放。宋朝虽然富足，但生活万象、人世沧桑，社会动荡仍然存在，熙来攘往仍然存在，颠沛流离仍然存在。无论豪放，还是婉约，都与词人的人生经历与生存环境密切相关。在词人忧伤的文字中，倾诉理想、抱负、思念、爱恋，或风花雪月，或壮怀激烈，或忧国忧民，或赏景溢情。忧伤并非颓废，也并非消沉。这种忧伤，是对世情人情的关注，是对山水花木的赞美，渗出的都是忧郁之美、朦胧之美。我们看到，宋词如烟，如雾，如雨，湿漉漉地挂满了宋朝的天空，零零落落、洋洋洒洒，从宋朝一直浸润到现代。宋代的词人们，以丰富的想象、精妙的比拟、清雅的文字，整理自己的忧伤，将感伤和哀愁填在了人生平平仄仄的格律中。李煜，用国家与自身的命运和精神血肉铸造了宋词的辉煌，"问君能有几多愁，恰似一江春水向东流"；"剪不断，理还乱，是离愁。别是一番滋味在心头"；"独自莫凭栏，无限江山，别时容易见时难。流水落花春去也，天上人间"。李清照，以笔抗世，以词唤天，将故国之思与家亡之恨，抽丝剥茧般进行纺织，化愁为词，为后人留下了苦难时代的灵魂绝唱，"物是人非事事休，欲语泪双流"；"寻寻觅觅，冷冷清清，凄凄惨惨戚戚"；"这次第，怎一个愁字了得"。辛弃疾，将正义和忠烈燃烧，饱蘸血泪，振聋发聩，"可惜流年，忧愁风雨，树犹如此！倩何人，唤取红巾翠袖，揾英雄泪"；"而今说尽愁滋味，欲说还休，欲说还休，却道天凉好个秋"。苏轼，感叹"江海寄余生"。柳永，咏唱"执手相看泪眼"。晏殊，深婉于"小园香径独徘徊"。欧阳修，坎坷中"为伊消得人憔悴"。姜夔，自问："念桥边红药，年年知为谁生？"这些词人词句，忧伤中塑造了如痴如醉的意境，真正达到了情境相通的最高境界。读了宋词，我们就会自然而然地产生一种悲悯，以此忧国怀家，敬天爱人；我们就会用悲悯之心，将僵硬干燥的心灵软化滋润，让世事中郁结的那些爱恨情仇，在流年往事中烟消云散。可见，意境于词是多么重要。

　　如果我们探讨宋词的现代环境，许多学者认为中国传统文化与现代接轨任重道远，但反映时代精神风貌的语言与旧体诗词链接已经是现在进行时。《中华诗词》编委、湖南岳阳市文联主席蔡世平说："20世纪80年代，有人曾预言旧体诗词会消亡，三十多年过去了，古典诗词没有消亡还多了起来，现在年轻人、学生写旧体词的很多，用手机写的也比较多。今天的人如何写好旧体词是一个人们关注的问题。语言是向前的，每个时代都有自己的特点，今天的词要用今天的语言来写作，形成我们今天的新词，才能受到当代人的喜欢。写时一定用古时的平仄格式，大胆借鉴西方文学的语言，上升到一个更高层次。打破古诗、词形式去写就会四不像，鲁迅、刘半农、胡适都进行过新词的探讨，都没有成功，多数学者不主张形式上的创新。"王兆鹏会长说："宋朝那个词的辉煌时代不可能再出现了。文学是有规律的，现在不是诗歌的时代。因此，把唐诗宋词及中国经典传统文化变成今天的食粮，让现代诗词吸收精华。在传统文化传承中，今后多搞一些朗诵、吟唱活动，要把经典文化做成喜闻乐见的动漫，与传播媒介共同开发、研发最流行的闪客等形式，让大家在数字网络上很容易就能欣赏到。"至于李清照《词论》对词的音律提出的严格要求："盖诗文分平侧（仄），而歌词分五音，又分五声，又分六律，又分清、浊、轻、重"，我们也可以按现代语言习惯在创新中继承。因为词体之所以为广大作者所乐于运用、成功地运用，除精审的格律外，更因其在运用时还有相当大的自由。词律也有比诗律远为解放者。首先，词有大量不同音律句式的调和体，作者可以在极为广泛的范围内选择符合创作需要的词调。据清康熙时编的《词谱》所载，有826调、2306体，还有好多尚未收入。各种词调的长短、句式、声情变化繁多，适应于表达和描绘各种各样的情感意象，或喜或悲，或刚或柔，或哀乐交迸、刚柔兼济，均有相应的词调可作为宣泄的窗口。再者，词调与体的变化和创造原是没有限制的。懂得音律的作者可以自己创调与变体。康熙《词谱序》云："词寄于调，字之多寡有定数，句之长短有定式，韵之平仄有定声，秒忽无差，始能谐合。"然试看《词谱》所载同一词调诸体的句式、平仄、押韵、字数常颇有出入，可见古人填写时有着相当程度的自由。词韵常比诗韵宽，有时平仄以至四声可以通押或者代替，也有押方言音的。如《满江红》词调，一般押仄声中入声韵，以寄寓磊落不平之感，岳飞的《满江红·怒发冲冠》，抒发激烈的壮怀，读来使人慷慨悲愤，押的便是入声韵。然而姜夔的《满江红·仙姥来时》，遐想湖上女神，却换押平韵，声情遂变作缓和舒徐，富有潇洒优游的情趣。"从心所欲不逾矩"，这是一种自由与规律高度统一的产物。

历史地看，词的格律宽严有一个发展过程。唐到北宋前期还比较宽松，而北宋后期至南宋则越来越严密。但在实际写作过程中，许多大家并不完全拘泥于此。显然，各个历史时期，不同作家对审音协律都有不同的认识，也有不同要求。如有人认为苏轼的词不协音律,有则为之辩护。陆游《老学庵笔记》云:"世言东坡不能歌,故所作乐府多不协律。"晁以道谓:"绍圣初,与《跋东坡七夕词后》又云:歌之曲终,东坡别于汴上,东坡酒酣自歌《阳关曲》。则公非不能歌,但豪放,不喜剪裁以就声律耳。"《跋东坡七夕词后》又云:"歌之曲终,觉天风海雨逼人。"从其他记载也可看到苏轼的代表作如《水调歌头·明月几时有》、《念奴娇·大江东去》也都被"善讴者"歌唱或赞赏过,说明还是合乐可歌的,只是有些地方突破声律的束缚。大凡过于不守音律也许失却词的韵味,遵律过严也会成为枷锁,重要的是运用音律为情意服务。如《声声慢》调在李清照以前作者多押平韵,而李清照却选押仄韵,创造了情景交融的特殊艺术效果。可见,她要求作词的严辩音律,却正是自由地运用,以突破陈规进行创造,而不是作茧自缚。再如,岳飞《满江红·怒发冲冠》,有评价者指出个别词句平仄也不尽然,也有音律不协之嫌。但时至今日,又有谁去否认这不是一首好词呢?因此,个中奥妙是很值得我们体味的。

最后,特别感谢甘肃人民出版社的党晨飞老师和编辑们,他们在审稿中提出了很好的意见,也借此机会感谢我的文友和读友!

王科健

2015 年 7 月 15 日